ハヤカワ文庫 SF
〈SF2466〉

宇宙英雄ローダン・シリーズ〈728〉

惑星ハルト偵察隊

H・G・エーヴェルス&K・H・シェール
若松宣子訳

早川書房
9124

PERRY RHODAN
KUNDSCHAFTER FÜR HALUT
FREMDE IN DER NACHT
by
H. G. Ewers
K. H. Scheer

Translated by
Noriko Wakamatsu
First published 2025 in Japan by
HAYAKAWA PUBLISHING, INC.
This book is published in Japan by
arrangement with
HEINRICH BAUER VERLAG KG, HAMBURG, GERMANY
through JAPAN UNI AGENCY, INC., TOKYO.

目次

惑星ハルト偵察隊

惑星ハルト偵察隊

H・G・エーヴェルス

登場人物

アトラン……………………アルコン人
イホ・トロト…………………《ハルタ》指揮官。ハルト人
イェリャツ……………………ヴィッダー工作員。ブルー族のクローン
チ＝シェル
アショルブレト
ネムスブレト
……………惑星アンダローのヴィッダー工作員
ニュグデュル…………………特殊能力を持つブルー族のクローン
パントール……………………惑星ハルトのビオント。キータ

1
獣

かれはやすらぐことなく世界の果ての地下深く、暗い洞穴をさまよい歩いていた。ここは重力は大きいが、充分な食糧さえ見つかれば気にすることはない。からだのメタボリズムは変動可能で、酸化炭素、メタンガス、火山の噴火口からの高温の酸化窒素といったこの世界の大気にさえ適応できる。

しかし、かれの食糧はキノコの穴や藻類の群集地には育たず、二本か四本、あるいはそれ以上の足を使って世界の迷宮を動きまわり、命を守るため知性を駆使するのだ。そのため、かれは常に狩りをしている。想像をこえるほどの飢餓に駆りたてられ、確かな、そして克服しがたい本能に導かれて。

しばらくしてメタンの噴出地に到達すると、かれはその穴の上にうずくまり、深部から高圧で噴きあがる高温のガスでからだを洗った。活力が蘇る。鋼鉄のように硬いキチン質の鎧《よろい》は、酸性の蒸気の混合物を浴びても影響を受けない。

突然、かれはからだをこわばらせ、耳を傾けた。

どこからかメンタル・インパルスが届く。

うしろに大きく突き出た頭をまわした。頭の前面はなめらかで、猛獣の恐ろしい歯が伸びる大きな口のほかは、継ぎ目もない。脳のプシオン性センサーで周囲を探る。

それほどたたないうちにメンタル・インパルスの発信源を探知した。かれがいるところと平行してはしる洞穴の通廊をゆっくりと移動している。

体長約二メートルの化け物のようなかれのからだに、残忍な情熱が電撃のように駆けめぐった。全体は昆虫のような形をしていて、物をつかめるように変形した前脚がある。人類だったら、巨大なカマキリにたとえるだろう。

杭のような赤い舌が震えながら音をたてて、恐ろしい口から突き出、トカゲに似た尾が地面をたたく。狩りのはじまりだ。

世界のこの一帯のことは熟知していない。かつてきたことがあるのはぼんやりと覚えているが、しかし、それははるか昔のことにちがいなく、かれがまだ現在のような状態ではなかったころのこと……それはいま意識できているよりも、この世界についてずっと多く知っていたころの話だ。

ただし、それについてゆっくり考えはしなかった。というのも、それはかれの潜在意識からは決して出てこないものだからだ。やみくもに腕や脚を使って自分が進んできた方向へ突進する。自分の後方は、獲物がいるところと道がつながっていないとわかっている。そのため、前方に獲物がいることを願うしかない。

欲望に駆られながら、かれのセンサーの〝触角〟は、眼前にあらわれた未知の生物をどうにか間に合うタイミングで認識した。それがメンタル・インパルスを発していないため、生きていない物質とは異なった獲物の生物と区別するのがむずかしかったのだ。

ぎりぎりの瞬間に腕や脚を広げてかぎ爪を岩にくいこませて動きをとめる。

生物は振り返ろうとしなかったが、自分に気づいているのを感じた。こうしたものに遭遇するのははじめてではなく、かれらが上体にある環のような発光するセンサーベルトで周囲の状況を認識しているのは、すでにわかっている。

からだは生物のそれに似ているが、血と肉でできているわけではなく、そのため食用にするには向かない。かれがいつもこの生物を避けている理由のひとつだ。もうひとつの理由は、かれらが危険そのもののように感じるからだった。からだの殻はうすいブルーの鈍い光をはなつ、濃度の高いメタルプラスティックで、あらゆる生体的なエネルギーの種類よりもはるかに強力なエネルギーが流れているのをかれは知っていた。体長三メートルの繭《まゆ》の形をした胴体から突き出した四本の触腕と、そこについた金属製の爪を使って、岩塊を砕くことができる……また回転可能な上半身にある開口部から高エネルギー・ビームを発して、岩に深いトンネルを掘り、生物を蒸発させられる。

ただし生物を蒸発させているところを観察したことはない。この未知者たちはこの世界の生物のことなど、まったく気にしていないように見えた。かれらが内に秘める破壊の潜在能力もむだなように思われた。かれらはその力とエネルギーを、この世界の岩塊にトンネルや洞穴を作るためだけに使っていたのである。

だが、かれらはこの世界の存在ではないようだった。というのは、数多《あまた》のしるしから、かれらが世界の上からやってきて、世界の上、あるいは世界の向こう側の理解を超えたところにくりかえし戻っていくのが本能的にわかるからだ。

眼前の未知者は、この世界のメタン大気のなかで自由に浮遊していた……ただし、通常の岩塊よりも壁がより大きな熱を発する広い坑道の内側でのことだが。未知者の四本の触腕についた金属のかぎ爪は、繊細な道具に変化し、坑道の壁の隙間にすばやく器用に物を差しこみ、すぐにそこをまた閉じる。このときかれらは上から下へゆっくりと動いた。

じりじりしながら相手が洞穴の通廊の地面より下に潜るまで待ち、急いで前進すると、こちら側の開口部からかれは坑道に入り、反対側の開口部からふたたび通廊の続きへと出た。

獲物のメンタル・インパルスはずっと見失っていない。獲物とほぼ平行に進み続けていたが、速度が遅かったため、かれはすぐに追い抜いてしまった。

いつのまにか獲物と自分の進む道をむすぶ場所に出た。かれはそれをあやうく見逃すところだった。こちら側の開口部は、より糸でできた硬い板でしっかりと閉じられていたからだ。ここは獲物の群れのなかに住む者の作業の結果だ。かれらは後半身のからだのノズルから細い糸を噴き出し、手足を使ってそれをよりあわせる能力がある。通常、二酸化炭素と酸素の混合ガスの存在する菌類のトンネルを、メタンなどの炭化水素のガスがあるトンネル部分につながらないように封鎖している。異なる気体が混ざり、状況がそろえば、すさまじいカタストロフィが起こりかねないからだ。

しかし、かれはそんなことを気にせずに分離プレートを破壊した。からだをほとんど球形になるまで丸めて、弾丸のように板を突破する。

次の瞬間、平行してのびる通廊に出ていた。からだを広げると、獲物が接近してくる方向にまた転がっていく。

ただし、獲物は不審な物音を聞きつけたようだった。突然立ちどまったのが、メンタル・インパルスで感じられる。しかし、そんなことをしても命は助からないだろう。

かれはスピードをあげて突進した。しかし、今回は食欲だけでなく、憎しみにも駆られている。この獲物のような生物に、かつて鎖につながれて鉱山労働を強いられ、おそまつな植物の食事をさせられたときに残った手足の傷を感じたからだ。

獲物は甲高い悲鳴をあげ、二本足だけを使って逃れようとする。それはまるでむだな試みだった。かれは最後に大きくジャンプして獲物の背中に飛び乗ると、全力で相手をつかんだ。

しばらくすると、かれの手にかかった獲物に残ったのは血のかよっていない皮だけとなり、そこに原始的な防護服がぼろぼろになってさがっていた。

かれは獲物の上に立ち上がり、鬨《とき》の声をあげた。

愚かなことだが、そうせずにはいられなかったのだ。

ゴールデンの耳をつんざくような声が聞こえ、頭のおおいの下に激痛がはしったときに、ようやく自身の危険な立場に気づいた。

狩人に追われている。

自身のような完璧な狩人ではないが、敵は多勢だ……さらに一名のゴールデンが指揮をとっている。この生物はその気になればこちらの命を奪うことができる。かれやかれに似た種族には、ゴールデンに対して防御するすべはないからだ。ゴールデンには力と卓越したオーラがあり、接近させてしまうとその作用で麻痺してしまう。

かれはすばやく向きをかえて、全速力で逃げだした……

＊

ハムウンは恐怖に震えていた。ほかのミュータントが発するメンタルの警報の声を聞いたからだ。

一名の自由殺害者が逃走している！

血に飢えた、無敵に等しい怪物、その食欲はほとんどつきることがない。殺害し、食欲を満たしても、その満腹感は長くは続かない……血を求める欲望はただ高まるばかりだ。

しかし、恐怖を感じていても、ハムウンは自身の義務を忘れなかった。ほかの三名のビオントとともに、鉱山で監視下において働かせている二名の非自由殺害者を脱走させないという責任を負っているのだ。

完全な暗闇といっていい場所でも物を見られる巨大な目で、重い鋼の枷《かせ》で坑道の壁につながれた怪物たちをハムウンはじっと見つめた。かれらは先端の細いつるはしやバールで、酸素と食糧を合成するための基礎となる貴重な岩石をわずかに採取したところだったが、いまは完全に動きを失い、こわばっていた。

おそらく自分たちの種族が獲物を襲って血を吸いつくしたことを、プシオンで感じとったのだろう。

血を求める欲望がかぎりなく高まり、肉体的な力をすさまじく発散して鎖を解きはなち、次の犠牲者に向かってやみくもに突進していけるようになったにちがいない。

ハムウンは身長も幅も一メートルに満たない自身のからだをおおうように丸い盾を掲げた。しかし、殺害者のせいぜい爪の最初の一撃を防げる程度だとわかっている。

　そのあとはプシオンの潜在力を発揮して、テレキネシスをうまく使えるようにしないかぎり、負けるのは明白だ。

　だが三名の仲間もすぐにプシオン・エネルギーを殺害者の獣に向けなければ、やはり生きのびられないだろう。完全に集中すればあらゆる有機的な物質を燃え上がらせられるノク、生物の動きを一時的にとめられるシュプディエン、生物の意識に働きかけて幻覚を見させて、ひどいパニックにおちいらせられるセルク＝ドルだ。

　残念ながら、かれらのプシオン・エネルギーは諸刃《もろは》の剣だった。それはどのビオントにも潜む精神的な不安定さで、犯罪的な遺伝子操作によって不自然に生みだされ、また、さまざまな外の世界で追放されたことによるつらい体験の後遺症でもあり、つねに過剰反応を示す危険をはらんでいた。

　こうして、多くの非自由殺害者がすでに、無理に自由をつかもうとして命を落としていた……その数はあまりに多かった。この世界の共同体には、非食者とも呼ばれるゴールデンが最低限、必要だった。かれらの知識がなくては共同体を存続させることができなかった。しかし、ゴールデンには種族の殺害段階があり、変態しながら三段階をへていく。卵、幼生、非食者。卵と非食者は無害で役にたつが、幼生は恐ろしい殺害マシンとして世界をさまようのだ。

ハムウンは仲間とのメンタル的なコンタクトが強まるのを感じた。最悪の事態は避けられそうだという希望がふたたび生まれる。

次の瞬間、二名の非自由殺害者が獣のようにうなり声をあげた。強大なからだが急に頭ほどの大きさに収縮し、きわめて圧縮された筋肉の束になった。かれらを壁に拘束していた鎖が、強烈な衝撃に耐えられず、固定されていたところから引きちぎられ、砕け散った。

その直後、自由殺害者となった獣たちのからだがはげしい勢いで伸びて、二名はそれぞれ異なる方向に走っていった。

ハムウンの鋼製の盾が割れた。鉄のように硬い爪がふりおろされ、胴体が切り裂かれる。

それでもかれはまだ生きていて意識も保っており、最後の力をふりしぼってテレキネシスで殺害獣たちをつまずかせた。シュプディエンが相手の動きを極限まで遅くさせ、ノクがかれらのからだを炎に包んだのがわかった。

ハムウンの命がついにつきる直前、かれは、もしゴールデンが不自然な死を遂げるか、産卵に必然的に伴う死という運命にしたがった場合には、共同体のなかで唯一のゴールデンの後継者はだれになるのだろうと考えていた。

かれはさまざまな坑道を休むことなくあちこち逃げまわったが、追ってくるゴールデンの甲高い口笛のような声からは逃れられなかった。

周波数のきわめて高い声で頭痛は耐えがたくなり、音の振動で脳のシナプスが攻撃され、生体電気の皮膜の極性がひどく変容していた。

そのため勘が働かなくなり、反応も部分的におかしくなっていた。プシ知覚が四方からキャッチしていた警告をあなどり、救いがたいパニック状態になって、ついに迷宮に駆けこんだ。奥は巨大な岩石と燃え上がるマグマで、行きどまりになっている。

莫大なストレスにさらされ、内分泌腺のホルモン分泌が幼生の絶妙なバランスを大きく変化させ、カオスに変えているのを、かれは感じさえしなかった。

洞穴の閉ざされた壁に背を向けて立つときがきた。洞穴の地面はマグマが噴出しているせいで穴だらけだ。熱く溶けた岩石が短い間隔で天井まで噴き上がり、大量の腐食性の毒ガスを吐き出している。そのため荒々しい殺害獣であっても、長くは持ちこたえられそうにない。

＊

しかし、唯一の出口は、執拗に追ってきて、窮地におとしいれられた非食者の黄色い姿によってふさがれている。非食者はかれを殺そうとしていた。一度、血を知った殺害段階の幼生はさらにもっと殺したい、鎖によって束縛されるのはいやだという欲求に駆られるのだ。

かれはからだを揺らしながら壁にもたれ、かぎ爪のついた手を脅すような形に振り上げ、恐ろしい裂肉歯のある口を大きく開けた。装甲におおわれた尾もまた無意味にはげしく振りまわす。

そもそも、かれの段階にある変態生物がゴールデンを攻撃するのは不可能だ。それは種を存続させるための本能の一部だった。なぜなら、かれらだけが卵を産むことができて、種の生存を保証するからだ。

かれもまさにそれに該当していた。

それでも攻撃しようという決意が次々とわいてでてきた。追ってくる者の振動のせいでパニックにおちいっているだけではない。ホルモンバランスの変化が進行していて、古い阻止閾《いき》が崩れ、これまでの行動のおもな動機だったものが完全に逆転したのだ。まだ自覚していなかったが、これからは二度と血への渇望ではなく、正当防衛の場合のみに殺害行為をすることになる。これからはじまる変態で、殺害獣から最終的に種の維持者になるからだ。

それとともにかれの生存は倫理的、道徳的に、ほかのあらゆるものよりも重要になっていた。

中程度の周波数の音域からはじまり、一瞬で甲高い口笛のような音に変わるうなり声とともに、かれは背中の壁を突いて離れ、マグマの泉のあいだを、ゴールデンによってまさにふさがれている洞穴の唯一の開口部に向かって走った。

だが、ゴールデンはすでにそこにいなかった。こちらもまた攻撃を決意し、殺害獣よりも一瞬早く離れていたのだ。

しかし、殺害獣とはちがって、最後の瞬間に両者の命の危機を招きかねない衝突が迫っていることに気づいた。ゴールデンはわきに跳んだ。

この瞬間、変態生物は視界も聴覚も奪われた。感じたのはただ障害物を勢いよくかすめたことだけだった。隙間から跳びだし、かぎ爪を振りまわし、歯でかみつこうとしたが、まるで抵抗がない。このときようやく虚空に飛びこもうとしていることに気づいた。すばやく向きを変え、敵を出し抜いて攻撃してくると思われるゴールデンをかわそうとした。

しかし、攻撃されることはなかった。代わりに見えたのは、ゴールデンが泉から噴き出すマグマに巻きこまれ、猛烈な熱によって生きる炎と化し、崩れるマグマとともに深淵に沈んでいく姿だった。

この光景にかれは痛みと満足感を同時に覚えた。痛みはマグマのなかで最期の息を吐いたゴールデンから一直線につづくところにいたことによるもので……満足感は、こうして生きのびたことで自身の種の存続が可能になったと気づいたからだった。ほかの追っ手はまだ遠くにいたため、かれにプシオン・エネルギーが向けられることはなかった。次のわかれ道まで急ぎ、そこでかれらに遭遇したら、すぐに別の洞窟の迷宮のなかでかれらをふりはらおう。

ゆっくりと振り返ると、かれは動きはじめた。だが、振り返ったとたん、前進する動きが鈍くなった。文字どおり、一歩一歩進むのが苦しい。動きがきわめて遅々としていて、その理由に思いあたったとき、満足感が絶望に転じた。

最後の変態、自由殺害者となった殺害獣の幼生段階からゴールデンの成虫段階への変態がはじまったのだ。直感的に女のゴールデンに変わると悟る。すべてのゴールデン、あるいはむしろ非食者の性はすべて女だからだ。

しかし、この変態は致命的な危機を意味していた……というのも、成虫段階は外見がきわめて殺害獣の幼生によく似ているため、蛹《さなぎ》化するのに長期間、休息する必要はないものの、不完全な変容が進むというだけでなく、変態を完了させるには時間が必要であり、中間形態のあいだは凝固しているため、あらゆる環境になすすべもなくさらされるからだ。

さらにはほかの知性体によるあらゆる攻撃にも、だ。

しかし、この危険を認識していても、あらゆるエネルギーを集中させて、迫りくる運命から逃れ、将来の問題のために自身を保持することはできなかった。

沼のなかを進んでいるかのようだ。その沼はますます粘り気を増し、動きを封じこめていき、ついには完全にかれを麻痺させた。

手足を胴体に押しあて、変形したかぎ爪で縮んだ長い頭蓋骨をかくした。頭のほうは、体内ですばやく進む変容のプロセスとは反対に彫像のように動かなくなり固まった。

こうしてしばらくしたとき、共同体のゴールデンを追って殺害獣の狩りを手伝っていたビオントがかれを発見した……

2 即位

かれらは凝固した変態生物を見つけて、雷にうたれたように立ちつくした。

リーダーである、オクストーン人タイプの黒髪のヒューマノイドのアヌビは、指ほどの太さのヘビのような形をした白い髪が丸い頭に大量にはえていて、腕の部分には代わりに短い翼がついている。彼女は、それぞれの物質の原子のあいだからのぞくように突然変異した視覚を調整した。

ヌフトールを探したが、このゴールデンはかれらよりもはるか先に進んでいたので、彼女と二名の連れよりもずっと早く殺害獣に遭遇していたはずだった。

しかし、殺害獣は坑道のここの壁にぶらさがり、まったく動く気配がない……ヌフトールの影も形も見えない。アヌビの鋭いまなざしでようやく侵入できたマグマ泉のある迷宮にも、非食者の気配はなかった。

「殺せ!」ラフックが叫ぶ。エルトルス人タイプのヒューマノイドで、頭には羽毛の房がはえ、鳥のようなくちばしがあり、足にはかぎ爪がはえている。

先端が尖った長さ三メートルのバールを両手で持ち、突き刺すようなしぐさをしている。

「かれは無防備のようだ」ウークはささやくような声で反論した。クモの脚を持つヒューマノイドで、顔はネコに似ていて、きわめてかぎられた範囲ではあるが、物質転換のプシ能力を有している。

「なお、いいじゃないか！」ラフックはうなり、さらに変態生物に一歩近づいた。「反撃されていたら、わたしはとっくに空気と化していただろう」

殺害獣からざわざわという音がした。ラフックはバールを落とし、姿を消した。つまり、それは本当に消えたわけではなく、ただ肉体が青白い原子の雲に溶けただけだ。しかし、その雲がたがいに遠く離れているので、ビオントの姿は実際に見えなくなっている。

「臆病者！」自称自動分子破壊砲のウークがいまとった行動について言葉を発した。

「静かに！」アヌビはかれを叱責した。「住民の密集した惑星で追放され、追われる者としてかれがどれだけ苦しんだか知っているの？」

ウークは萎縮したようだった。

この死の惑星の地下にある生活空間を、ときにビオントたちは地獄と呼ぶが、どうやらかれは、ドロイドによってこの地獄に突き落とされる前に受けた迫害と拷問を思い出したようだ。

アヌビにもまた、精神にトラウマが刻まれた恐怖や苦痛の記憶があった。ただし、その記憶は霧の膜におおわれているかのようにかすんでいる。昼や夜に見る夢のなかでそれがあらわれでると、現実にあらためて体験しているかのように、恐ろしくなった。しかし、ときどき、それが本当の記憶なのかどうか疑いが生じ、切り刻まれた心理による想像の産物だと感じる。

震えながらアヌビは岩壁にもたれた。トラウマのような記憶と闘い、それをおさえつけようとする。いつか、すべてをどうにか忘れなくてはならない。そうしてはじめて地獄で生きることを許されるという恩寵《おんちょう》を得られるのだろう。そこではどのビオントも地獄のような生活を送ることはない……殺害獣は別として。しかし、基本的にかれらは新生児のように無邪気だ。なぜなら本能だけに支配され、自由な意志を持たないからだ。「いいんだ」ウークは慰めるようにささやき、彼女の顔を指でやさしくなでた。「あなたは忘れなくては」

アヌビは深く嘆息した。

ちょうど、〝新生児〟という比喩がなぜ浮かんだのか、考えているところだった。これまで新生児を見たことがあるか記憶がない。ほかのビオントによる多かれすくなかれ混沌とした話で、子供が、複雑な装置によって遺伝子操作の最終的な産物として生まれるのではなく、母親から生まれる世界があるというのは聞き知っている。

しかし、生物学的な母親をもつ子供について、本当に自分は知っているのだろうか、あるいは想像しているだけなのだろうか？　確認できないというのは恐ろしいことだった。この地獄では、母親から生まれた子供はまったく存在したことがなかった。すべてのビオントのあいだに見られる遺伝子的な相違が、生体的な繁殖にとって克服しがたい障壁になるのだ。地獄における遺伝子的な障害者たちは全員、繁殖力がない。

成虫のキータも厳密にいえば例外ではなかった。かれらは単性繁殖の一種の単為生殖で自己再生産する。しかし、アヌビの知るかぎり、かれらはこの地獄で唯一、繁殖が可能なビオントだった。

このとき悲痛な鳴き声がして、女偵察員は物思いから現実に引き戻された。周囲を見まわし、ラフックが通常の状態に戻ったことに気づいた。しかし、鳥頭をしきりに揺らしていて、まだ話しかけられそうもない……大きく開いたくちばしから泣くような声をもらしている。

分裂状態のときに、なにか恐ろしいことを経験したかのようだ。

それがウークに感染したようだった。かれは突然地面にたおれ、ネコのような顔を四本の手でおおった。

「しっかりして！」アヌビは呼びかけ、手を顔から引き離そうとした。「ヌフトールが顔を見せない以上、かれ抜きで結論を出さなければ」

このいましめが実際、功を奏した……すくなくともウークの場合は。かれはふたたび背を起こし、両手をおろしてささやいた。

「ハムウンが死ぬときに、メンタル・コンタクトがあった。鉱山で非自由殺害者から殺害獣となった二名が脱走した。逃げる途中、ハムウンとセルク＝ドルの命をうばい、その後、シュプディエンに動きを封じられ、ノクに焼かれたのだ」

ショックを感じながら、アヌビはかれを抱きよせた。彼女もまた、小さな共同体の二名の仲間が死んだという知らせに悲痛な思いがした。個々は外見的に大きくちがっていたが、共同体の一体感はきわめて強い。おそらくそうしないと、存在できなかったのだろう。というのも、それぞれが全員のために全力をつくしてはじめて、原始的な手段で生きのびるのが可能になるからだ。有毒ガスから身を守り、真空状態になったさいの死をまぬがれるための防護服だけは、つねに整備と修理が必要だった。

「それは本当なのか？」ラフックはうつろな声でいった。「われわれの二名の殺害獣は本当に死んだのか？」

「そうだ」ウークは答えた。

「それなら、われわれの共同体は滅びる運命にある」ラフックは静かにいった。「ゴールデンがいなければ、地獄のすべての殺害獣に対してわれわれはほとんど無防備だ……かれらの卵段階によって集められ、利用できるようになる情報がなければ、自然のはげしさからも次々ともたらされる危険のなかを生きのびるための技術的な手段を向上させることはできない」

「われわれにはまだヌフトールがいる」ウークはささやいた。

「だめだ」ラフックは返事をした。「崩壊していたあいだ、わたしの無数の原子が雲の重力中心から遠く離れ、マグマ泉のある迷宮に入りこんだ。そこで原子はマグマ泉からわきあがるほかの有機化合物の原子と接触した。わたしの原子が再構築されると、原子が吸収していた情報に気づく。ほかの原子は、マグマ泉で燃えたゴールデン……つまりヌフトールのものだった」

アヌビは血が凍りつくような思いをした。催眠にかかったかのように、彼女は岩壁のそばにいる変態生物を見つめた。

「かれはヌフトールを殺した」彼女はささやいた。

「とんでもないことだ！」ラフックは叫び、バールを手にとり、投げ槍のように振りまわした。「こいつは何千回、死んでもいい。かれが硬直状態から覚める前に、いいかげんに行動しなくては！」

「やめて！」アヌビはきっぱりいい、ラフックをおさえつけるかのように翼の切れ端を広げた。「殺害獣にとって、ゴールデンはすべてタブー。本能によって、そこには決して克服できない障壁が築かれている」

「この変態生物はそれを乗り越えた」ウークは声を震わせながらささやいた。

「かれはもはや殺害獣ではないわ」アヌビははげしくいった。「わからないの？　殺害獣はこの障壁を乗り越えられない。でもわたしたちは、殺害獣はゴールデンがいうところのキータへと進化する中間形態にすぎないことを知っている。そこから最終的な変態で、金色のキチン質の装甲をもつ、完全に成熟した成虫のキータが生まれる。この成虫は食糧がなくても生きられて、産卵のあとに死んでいく」

「この変態生物が変態の最終段階にあるといいたいのか？」ラフックはバールをおろしながらたずねた。

「そのとおり！」アヌビは認めた。「この最後の変態が完了すれば、かれはわたしたちの新しいゴールデンとなって……わたしたちの共同体は死ぬ必要がなくなる」

「だが、かれはヌフトールを殺した……その前には別の共同体のビオント一名も」鳥の顔をした男は反論した。

「ほかのビオント一名に関しては、変態生物のせいではなく、かれの本能のせいだった」アヌビは答えた。「もしかれが本当にヌフトールを殺し、それが事故でなかったとするなら、かれがすでに部分的にゴールデンになっていて、最後の変態のあと、種族の保持のために自分の命を守ったからなのよ」

「では、かれの意識が戻り、われわれに触れられていることに気づいても、かれは戦おうとはしないのでは？」ウークが期待をこめてたずねる。

「こちらが命を奪おうとしなければ、かれに攻撃されることはないわ」とアヌビ。「なぜなら、かれは意識をとり戻したとたん、わたしたちの共同体のゴールデンになるから。どうか、手伝ってほしい。クモの糸のようなものにからまって、貼りついている壁からかれを切り離し、かくれ場まで運びましょう！」

彼女がその言葉を実行に移すと、仲間たちは無言だったが、よろこんで手を貸した。すぐに変態生物は壁からはがされ、かれらはきた道を慎重に戻っていった。

共同体のかくれ場にあと少しで到着するというときに、わきの坑道からほかのビオントが出てきた。酸素呼吸者には有毒である二酸化炭素とメタンの大気にもかかわらず、防護服も呼吸器も身に着けていない。

アヌビ、ラフック、ウークは畏れを感じて硬直した。というのもこの異人は、心理的にも外見的にも共通点がある、自分たちを〝六百シリーズ〟と呼ぶ、地獄の伝説のトンネル掘りの一名だったからだ。

トンネル掘りは無数の腕を広げ、ビオントたちの意識に直接語りかけた。

「どうやら賢明さを持ち合わせているようだな。でなければ、かつての殺害獣を、まるで自分たちの女王かのように慎重に運んだりしないだろう」

「この者はわれわれの女王になるのです」アヌビは畏敬の念をこめて返事をした。「わわれわれの共同体はこの者を敬い、守ります。ただ残念なのは、もっともきつい鉱山の労働を担える殺害獣が、もはやわれわれの支配下にはいないということです」

「あなたがたは多くを知っている。だが、すべてではない」トンネル掘りはいった。

「ゴールデンがいるところには、まもなくその種の最初の発達段階の者が訪れる。あなたがたのところにくる卵は成熟して、幼生段階の子供から孵化して……肉体的に力強い、ほとんど成長しているものの、まだのちの血に飢えた渇きは知らない殺害獣になるのだ。あなたがたの女王はなんなくかれらを鉱山で働かせられる」

「その後は、われわれはかれらを鎖につなぎます」ラフックが口をはさむ。

「感謝します、トンネル掘りよ！」アヌビはおごそかにいった。「はい、こうして家にはこんでいく生物はゴールデンになり、われわれの共同体の女王となります。実際、すでにそうなのです。たとえまだ眠っているとしても。いまは先に進みます。もしわたしたちのかくれ場の近くにいらっしゃることがあったら、どうぞご遠慮なくおよりください」

トンネル掘りはこれには返事をしなかった。ただ腕をおろし、ビオントと、玉座に乗せられる女王を見送った。

かれらにとって地獄はいい世界だ。しかし、かれにとってはちがった。

なぜならかれは、かれらが知らないことについて多くを知りすぎていたからだった……

3　魔女の台所

《ハルタ》が幾度かの超光速飛行のあとに通常空間に戻ったとき、ネット船は暴風によって火山の噴火の火柱に向かって吹き飛ばされていく砂粒のようだった。

高濃度の輝く水素で構成され、上下左右にはてしなく広がって燃え上がる壁のような銀河中心宙域の内輪の断面に比べ、船はきわめて小さい。

《ハルタ》の高性能のハイパー走査機でさえ、この壁を貫通することはできなかった。この壁は深さが数キロメートルあるだけでなく、約三百光年の広がりがあったからだ。この死のゾーンでは、通常どおりのものはなにもなく、ハイパー空間でさえ、静かな星のゾーンのハイパー空間とは恐ろしくかけはなれていた。

巨大な操縦士席にすわるイホ・トロトはドーム形の頭をまわし、二名の仲間、アトランとブルー族のクローンのイェリャッツをじっと見つめた。アルコン人の顔は石になったように微動だにしない。目だけが、かれが精神的苦痛を感じているのを知らせていた。

一方、イェリャッツは、同じように精神が引き裂かれるような状況下にあるにもかかわらず、冷静で楽観的なようすだった。

イホ・トロトは拠点惑星アルヘナで、ペルセウス・ブラックホールにおいての敗北のさいに惑星フェニックス所属の三隻が破壊されたのを知ったときのことを思い出していた。《ブルージェイ》、《クレイジー・ホース》、《ソロン》だ。乗員も運命をともにし……そこにはアトランのパートナーである、バス＝テトのイルナも含まれていた。

ハルト人はこの女アコン人のことをほとんど知らなかったが、旧友とともに彼女を失ったことを悼んだ。アルヘナにとどまることなくふたたびハルトへ飛び、自らの種族の運命を解明しようとかれが決断した背景には、アトランに同行してもらい、苦しみから気をまぎらわせてほしいという思いもあった。

イェリャツは、スタート直前にホーマー・G・アダムスから押しつけられた。抵抗組織〝ヴィッダー〟のリーダーとして〝ロムルス〟と名乗っていたアダムスは、イェリャツのことを、潜入したヴィッダーたちとともに二十年前に訓練センターのＵｓｔｒａｃのクローン＝ゲットーから脱出したブルー族のクローンだと説明した。それ以来、イェリャツは組織の一員となり、戦地偵察員として数々の任務を遂行し、インプロン星系とサティス星系でとくに大きな成功を収めていた。しかし、とりわけ、ハルタ宙域での極秘作戦にも参加していて、そのときの経験からトロトの偵察の任務にとって有益な知識を提供できるだろうとのこと。

ハルト人はそれが正しいことを願った。これまでのところ、このブルー族はかなり寡黙で控えめだったからだ。イエリャツが、いわゆるオムニ＝ブルー＝六百シリーズであるブルー族のクローンの、遺伝子を追加操作されたクローン人造生物であり、見知らぬ親のひとつひとつの体細胞から再生されて成長したビオントであるということを知らなければ、トロトはかれを傲慢だとさえ思ったかもしれない。そのDNAは操作によって意図的に改変され、極度の重力条件や低酸素のガス大気にも耐え、エプサル人なみの身体能力を持つ、ほとんどの環境に適応できるブルー族を生みだした。

六百シリーズのブルー族のクローンはカンタロによって明らかに農奴と特殊戦士になるように育成されていた。銀河イーストサイドにそのような生物が出現し、きびしい〝処置〟が行なわれたことからもそれはわかった。

ただしイエリャツは、残忍で主人に隷属する特殊戦士とは本質的にまったく異なっていた。ある意味で、かれは誤った発達を遂げていたのだ。外見ではわからず、それを確認するには、焦点を絞った精密な調査が必要だったが。

その異質さは巧妙にかれの奥深くにかくされていた。それは偶然の産物などではなく、カンタロの六百シリーズの遺伝子プログラムにおけるヴィッダーの精妙な妨害工作の結果だったからだ。

その結果、ブルー族のクローンの三分の一ほどが育成に失敗した……すくなくともカンタロの感覚では。というのも、かれらのなかにある異質さはカンタロの心理調整の影響を受けず、たがいに協力関係にあったからだ。イェリャツは、〝失敗作の〟ブルー族のクローンは、どんな環境で育ったとしても、遅かれ早かれシステムに抵抗するとさえ主張した。

それが真実かどうかはトロトの知るところではない。ただ、かれに通常の基準をあてはめようとしてもむだだということは確実だった。イェリャツのようなクローンは自分を正常だと見せようとするかもしれなかったが、かれらは自分の異常性を自覚していて、そこから生じる劣等感をどうにか補う必要が生まれ、通常の知性体のような反応がとにかくできなかった。かれらの行動を予測するのは、通常の知性体の平均に比して、あまり容易ではなかった。

そのためハルト人はブルー族に対してある程度、寛容に接するつもりだった。

しかし、その意欲もすべて、それが求められる状況になると、限界に達した。今回の場合、ブルー族がトロトとアルコン人に積極的に協力することが必要だった。なぜなら、ハルタ宙域の状況についてのかれの有益な知識がなくては、トロトの船はふたたび敵のビーム砲の前にほぼ確実に飛び出すことになるからだ。

イェリャツは無関心なようだった。リラックスして成型シートにすわっている。身長二メートルのブルー族で、短く太い首、幅の広い肩、セランの袖がはち切れそうな腕をしていた。

前方の目で中央司令室の透明なドームにうつしだされた探知映像をイェリャッツは見つめる。ただしそこには銀河中枢内郭リングの光り輝く外壁しかうつっていない。後方の目の向く約六千光年離れた銀河中枢外郭リングの探知映像に没頭しているようだった。

イホ・トロトは咳払いした。木星の雷鳴のような音だ。

イェリャッツははげしく身をすくめた。このハルト人を知ってからまだ長くなく、その特異性に慣れていない。

「いったい、なんだ？」かれは抗議し、トロトを前の目でにらみつけた。

「おどろいたか？」トロトはなにくわぬ顔でいった。「だったら、申しわけない。ちょっとばかり控えめに咳払いして、目的地への飛行の最終段階の前に位置確認航行のため、通常空間に戻ったことを思い出してもらいたかっただけだ。ハルタ星系はちょうど前方にあって、距離はまだ約一千光年ある」

銀河中枢凝集体の内奥部だが、本来の中枢部の周辺部にいるのだ！　そう思考のなかでつけ加える。

「そうか」ブルー族のクローンはぼんやりと返事をした。「次のハイパー空間航行をひととおり終えたら、ハルタ宙域に到着するぞ」

「その数秒後には、わたしの船は拡大する輝く雲の一部になっているのか」トロトは怒りのこもった皮肉な調子でつけ加えた。「カンタロの監視要塞や宇宙船をどのように迂回するのか、あるいは戦術で出し抜くのか、その方法を説明してくれるのなら、話は別だがな」

「なぜ、そんなにいらいらしている！」イェリャッツは不機嫌そうに答えた。「ハルタ星系は逃げ去りはしない。もちろん宙域全体が封鎖領域だ」

「四百九十年のときと同じだ。もっともいまはカンタロが監視しているが」ハルト人は思わずいった。

「四百九十年のときがどんなものだったか、どうしてわかるんだ？」ブルー族は見くだすようにたずねた。宇宙ハンザの創設以来、だれもが堅苦しい敬語を使った話し方をやめたが、このハルト人がそれはしないという事実を無視している。

トロトは、自分が、ペリー・ローダンやアトランとともに一一四三年にパウラ・ブラックホールの事象の地平線の奥にあった過去の柱によって時空間を越えてはじきとばされたこと、そのころギャラクティカーがまだカンタロの侵攻に対して前例のない防衛戦にとり組んでいたことを、イェリャッツが知らされていないのを思い出した。

大変な努力と危険をくぐりぬけてようやく過去を離れることに成功し、自分たちの時代に戻ることができた。かれらは過去において歴史の流れをギャラクティカーと宇宙ハンザに有利になるように変えたいという誘惑にあらがった。パウラ星系にあったハンザ商館をはじめとして、かれらがいつまでも過去にとどまっていると、必然的にタイムパラドックスが引き起こされ、ギャラクティカーとその文明にとってすべてが悪い方向に進む可能性が大きいことが劇的に突きつけられたためだ。

さらに同じ観点から、過去への旅については部外者にはなにも話さないと誓っていた。

「わたしは歴史的な記録を研究した」イロ・トロトは説明した。「《ナルヴェンネ》の乗員から、ハルタ宙域がカンタロによって封鎖領域にされたことも聞いた」

「そうか！」イェリャツは嘲笑した。「ペルセウス・ブラックホールで大敗したのに、どうしてまたハルタ星系に飛んだのだ？　自分は無敵だとでも思ったのかな、モンスター」

ほかの知性体にこのように大胆に侮辱されたとしたら、イホ・トロトはきびしく叱責しただろう。しかし、相手がイェリャツの場合は、侮辱されても黙って飲みこんだ。このブルー族が自身の劣等感を埋め合わせようとして、心の奥底から突然吹き出す衝動によってこんな発言をしてしまうと知っていたからだ。

「無敵な者などいない」かれは寛大にいった。「わたしもだ。わたしはハルトにいきたいわけではなかった。船載コンピュータに記録された逃走経路の選択をまかせて、しばらく司令室の奥に引きこもり、さまざまな探知結果を分析していたのだ」

「そして、惑星フェニックス所属の船がひょっとすると全隻、助かったかもしれないという証拠を探すためだな」アトランがいいあてた。「もちろん、結果はネガティヴなものだったが」と、つけ加える。

「撃破されたという決定的な報告を受けとったのは、わたしがアルヘナに戻ったあとだった」トロトは陰鬱な声でいう。

アルコン人の口の端にあきらめたような笑みが浮かんだ。

「約一万二千年も生きているあいだに、愛した存在を失くす苦しみを乗り越えるすべを学んだ」淡々と話す。

ハルト人は、アトランが自身をごまかそうとしているだけだと知っていた。バス＝テトのイルナを失ったことは、かれにとって決して癒えることのない傷となっている、高位のタム評議員、ミロナ・テティンの死に匹敵するほどの運命の打撃だった。

イェリャツはそれを感じたようで、一分ほど待ってから静かに語った。

「五年半前、わたしはハルタ宙域で組織の一部隊とともにいた。当時、カンタロによる監視はまだ穴だらけで、今日《こんにち》の状況下ではほとんど成し遂げられないようなものを設置できた」

「設置しただと？」トロトが急《せ》きたてるようにたずねる。

「銀河中枢の周辺部に広がる、極端な宇宙物理学的条件下でのみ可能なものだ」ブルー族はつづけた。「ハルタ宙域の何重もの異なるハイパーエネルギー・フィールドを操作して、負荷のない三本のトンネル・チューブが形成されるようにするのに成功したのだ。それははげしいハイパーエネルギー反応を起こすことにより、宙域を通過する宇宙船をあらゆる探知から……カンタロの高性能の感知からも守ってくれるものだ」

「それはすばらしい！」トロトは大声を発したが、イェリャッツとアトランが両手を聴覚器官に押しあてているのに気づき、すぐに声をおとした。「では、われわれは探知されない安全な航行ルートでハルトに到達できるのか。五年半前、わたしの故郷世界はどんなようすだったのだろうか？」

期待と不安のこもった目でブルー族の前方の眼をのぞきこむ。

「わからない」イェリャッツは返事をした。「状況確認のためにハルトに接近することは、われわれの任務ではなかった」

この声に自信のなさがあるのを感じ、トロトはブルー族がかくしごとをしていると判断した。痛みに満ちた予感が心に深く根をおろした。

かれは苦々しくいった。

「いいたくないのだな。まあいい、ではいちばん近い進入航路からハルタ星系にできるだけ早く到着してほしい。わたしの故郷世界がどんなようすなのかこの目で確かめたい。適切なハイパー飛行を組んで、その後のハルトへの航路を船載コンピュータで計算してほしい！」

タラヴァトスはもちろんすべてを聞いていて、自らのシンボルをデータ・スクリーンにうつしだし、イェリャッツとコンタクトをとった。かれはそれをながめると、興奮を鎮めようとこらえた。

しかし、自身の種族がとり返しのつかないことに襲われたのではないかという恐れが、脳裏から離れなかった……

＊

《ハルタ》が、幅が〝わずか〟三百光年しかない銀河中枢内郭リングを横切るのには約八十時間かかった。

自殺行為にでもおよばないかぎり、これ以上速度はあげられない。このセクターに組みこまれたハイパー空間は魔女の煮えたぎる釜のようで、ほかの宙域の大半に割りあてられた同質の媒体とはまったく異なっていた。ここではエネルギーの旋風が吹き乱れ、別の次元への放電ブリッジが突然構築され、調節不可能な質量の燃え上がるような水素ガスが密集する。その密度は短時間のうちに恒星の中心核の密度を超え、はげしい爆発を起こしてふたたび砕け散り、広い範囲で時空連続体が退化する。

ここではきわめて短いハイパー飛行しか可能ではなく、《ハルタ》はしばしばかき乱されたハイパー空間を離れ、四次元時空連続体を亜光速で這うように進むことを余儀なくされた。その宙域も銀河の外縁のように、静かで一定な宇宙ではなかった。

内郭リングの、本質的で何千年も安定している現象について正確に知ることなく、また、それにふさわしく対応する船載コンピュータのプログラミングがなくては、航行はまったく不可能とはいえないとしても、かなり困難だっただろう。銀河の中心宙域では、すでに無数の宇宙船が消息不明になっていた。

イホ・トロトでさえ、船が内郭の水素のリングを横断して、ほとんどなにもない空間となっている深淵をながめられるようになったときには安堵の息をもらした。幅七百光年、高さは内郭リングと同じで約一万光年……まさに高くて深い。《ハルタ》は中心宙域の中央をまっすぐ進んだため、中央凝集体の外側の面まで上下にそれぞれ五千光年の距離があった。

それでも外郭銀河の空虚空間はここからは見えなかった。というのも、細かく分配されたガス量の光り輝く〝霧〟におおわれているからだ。そこには銀河系の円盤全体がつむぎこまれ、悠久の昔からハロー部の上からも下からもあらたな水素が供給され、中央凝集体の内部では巨大な遠心分離機のように加速され、銀河の平面に吹きこまれる。

悠久の昔からか！　ハルト人は皮肉をこめて考えた。宇宙にとって悠久の昔からというのは、おそらくひと呼吸、あるいはその次の〝呼吸〟が終わるまでよりも、長くはないのだろう。

「ここからハルタ星系まで三光年半以内というところまでは、一ハイパー飛行で到達できる」イェリャツはそう説明した。「その後、船を最初で最強のハイパーエネルギー・トンネル・チューブに入れる。もちろん亜光速で。チューブ内であらためて超光速に戻し、恒星ハルタの近くで脱出する……二本のチューブのうちの、惑星ハルトのすぐそばに出られる一本の内側で、だ」

「了解した」トロトは応じ、中央ドームの内面に投影された探知画像を、そこにハルタという名の小さな赤い星があるかのように見つめた。しかし、それは不可能なことだった。というのも、この銀河の巨大な金属質量の核は、異常に接近して密集し、たがいに輝く水素でつながった星々となって、考えられるすべての核崩壊過程と、考えられるすべての物理的性質から、あまりにもはげしい放射を拡散しているためだった。

ハルト人は目を閉じた。

不安だった。自身の種族とその故郷世界が心配だった。この瞬間はじめて、自分の存在がどれほど深くハルト人とあらゆるハルト人の共同体に深く根ざしているか気づいた。テラナーがかれらの地球に深く根ざしているのと同じように！　という思いが意識を駆け抜ける。もしいつか地球がなくなったら、かれらにとって一大事だ！　もしこの宇宙からいつかハルト人のための居場所がなくなったら、すべてのハルト人にとって一大事になる！

トロトは物思いと感情にかき乱され、目をとじて身じろぎもしなかったが、タラヴァトスがハイパー飛行段階の終了を告げる声が聞こえた。

そこでふたたび目を開けた。

視野の大部分が、直径五十光年ほどのまばゆく輝く球の一部で埋めつくされた。数光年の距離で硬い構造物でできた壁を見ているかのようだ。

船載コンピュータに命じて、ハイパー探知で一部の拡大映像をスクリーンにうつさせた……中央にコイン大の赤みがかった円盤が見えた。

ハルタだ！

「最初のハイパーエネルギー・トンネル・チューブに入るのだ！」かれはハルタを目にしてあふれる動揺をかくしながら、ブルー族のほうを向いてどなった。

「了解」イェリャッツは答え、制御盤のセンサーに指をはしらせ、同時にタラヴァトスに小声で指示を出す。

数秒後、《ハルタ》は漆黒の闇に包まれた虚空に突入した。制御装置だけは超光速でハイパー空間を航行中だと示しているが、探知スクリーンではハイパー空間で観測されるような、突然出没しては消えていく準光学的現象は少しもうつしだされなかった。

「われわれが探知されることはないが、われわれ自身もなにも探知できない」ブルー族のクローンは説明した。

アトランが急に動いた。ショック状態から目ざめたかのようだ。瞳に危機的な状況に直面したときに見せる硬質な輝きが戻っている。

「だめだ！」イェリャッツがハイパー走査器のスイッチを切ろうとしたとき、かれはいった。「スイッチを切ってはならない！　このチューブを出たら、すぐにハルタ星系全体を確認できるようにしておかなくては！」

「しかし、それでは封鎖領域を監視しているカンタロに船を探知される危険がありますす」ブルー族は反論した。「パッシヴ探知システムで充分なはず」

「不充分だ！」アルコン人はあらゆる議論を封じるような調子でいった。「万一の危険を知らせるのに時間がかかりすぎる。〝時間がかかりすぎる〟というのは、われわれが対応できる前に全滅するという意味だ」

トロトは、友が無関心な状態から目ざめたことに喜んで歓声をあげたいところだったが、自制した。かれが歓声に耐えられるほど離れていなかったからだ。

「いまの話と同じことをわたしもいっていただろう」かれは問いかけるような視線を向けるイェリャッツに語りかけた。

アトランが半身を起こし、明らかに決断をくだすのに苦慮していることに、かれは気づいた……そして突然、アルコン人になにが起きているか、悟った。

ショック状態のあいだ、おそらく奥にさがっていた付帯脳が、ふたたび意見を伝えはじめ、警告を送っているのだろう。もちろん、付帯脳も透視能力はないが、利用できる全データと事実を結びつけ、結論を論理的に瞬時に導き出せる。この点では、最高のシントロンよりも、はるかに速く正確だ。付帯脳の論理は通常の思考や計算プロセスではなく、直感にもとづいているからだ。

「制御役をアトランに譲り、補助にまわってほしい、イェリャッツ！」トロトはいった。

「あなたに異論があるわけではない」ブルー族のクローンのからだがこわばったのに気づき、かれはつけ加えた。「あとで説明する」

イェリャッツは目を細めてかれを見つめ、それから緊張をとくと、脇によけてアルコン人に場所を譲った。トロトの指示が自分をおとしめているのではなく、純粋に目的のためだということをすくなくとも理解したのだ。

「二分半後に恒星のコロナ内で、このチューブを離脱します」アトランに向かってブルー族はいった。「そのあと、ハルトのすぐそばに到達できる二本のチューブのうちの一本に入ります。万事順調であれば、ハイパー走査器を使ってもなにも探知できないでしょう」

「そしてだれもわれわれの走査インパルスを測定できないだろう」アトランはつけ加えた。「なにか問題が生じなければ、だが。いいか、イェリャッツ？」

「わかりました、アトラン」ブルー族は熱心に答えた。

トロトは内心笑っていた。

これこそ昔から知っているアトランだ。イェリャッツを対等な存在としてためらうことなく受け入れ、共感を抱く……計算からではなく、その人格のなせる業だ。

超光速で進んでいるにもかかわらず、《ハルタ》は虚空にとどまっているかのようだった。

「ヴァーチャル・ビルダーは準備できているか？」アトランが、次のチューブにあと数秒で移るというときに確認した。

「ヴァーチャル・ビルダー？」ハルト人は、精神的に切り替えるより先に問い返すようにいった。「ああ、シントロカ・システムのことですね。ほとんどのギャラクティカーがつねにヴァーチャル・ビルダーしか話題にしないという事実に、まだわたしは慣れていなかったもので。ただのシントロンによる戦闘処理のためのシステムの数多い要素のひとつにすぎないのですが」

「言葉をいろいろあやつるのは、やめてくれ！」アトランは淡々と求めた。「で……？」

「シントロカ、準備完了しました……サー！」トロトは伝え、関連する集合回路を起動させた。

この皮肉のこもった呼びかけに、アルコン人はユーモアのない乾いた笑みで応えた。

「チューブ移動まで三秒です、トロトス！」船載コンピュータが、自身のあるじの声で告げた。「探知がすでに、イオン化した鉄、ニッケル、カドミウム原子のシュプールを検知しています。イオン化したということは、気温摂氏七十万度です。チューブ・ポイントがもれているようです」

「緊急退却！」アトランは大声で叫んだ。「グリゴロフ・プロジェクターを切るのだ！」

イホ・トロトはほとんど自動的に問題のスイッチを操作した。それはアルコン人の友に対して無限の信頼感があるためだった。ハイパー空間の飛行中にグリゴロフ・プロジェクターを突然停止させることは、ほかの宇宙への転移を阻止する緊急自動システムの保障があるとはいえ、とくに銀河中枢部ではなお危険だからだ。

《ハルタ》がいわゆる通常空間に戻ったとたん、その飛行方向のわずか数キロメートル先と感じられるところに、粒状の赤く輝く壁が出現した。その表面にはまばゆい光の現象が踊り、《ハルタ》に手を伸ばしている。

同時に自動探知警報が船内に甲高く鳴り響いた。データ・スクリーンに《ハルタ》の前方に、メートル波帯の強力な宇宙線と、きわめて強くイオン化した原子や自由電子の濃度が表示されていた。

さらに一秒でも長くハイパー空間で航行していたら、船は恒星ハルタの核で蒸発していただろうとトロトは悟った。

もし船載コンピュータが危険の全容を把握する前に、アトランが緊急退却を命じていなかったら、間違いなくその結果を招いていただろう。

しかし、まだ船と三名の宙航士は助かったわけではない。ハルタの核内での蒸発こそまぬがれたが、船が大気圏に深く潜れば、そこで蒸発する可能性はある。

エネルギーを充分に放出して急角度で引き上げ、恒星から離れなければ、かならず問題が起きるはずだった。

司令室の透明のコクピット・ドーム越しにまぶしい光をそそいでくる赤く輝く〝壁〟は、十万キロメートルほどの距離しかないところにある恒星の表面のほんの一部にすぎないからだ。しかし、恒星はときには三十万キロメートル先まで高温ガスの紅炎を噴出することもあるのに、十万キロメートルという距離にどんな意味があるだろう。運よくハルタはきわめて高齢で、そのためおだやかな恒星なので、めったに紅炎を噴出しない……宇宙に向かって噴出することがあっても、せいぜい千キロメートルにも届かないほどのものだった。

「引き継ぎます」タラヴァトスは告げた。「なかに突っこまずに、恒星の表面すれすれを飛びます」

イホ・トロトは哄笑《こうしょう》した。この個性的な船載コンピュータが、テラの典型的な表現をふたつも使ったからだった。タラヴァトスのこの風変わりな習性は、ハルト人の神経を逆なですることもあったが、ときには危険に直面したさい……つまりいまのようなときには、緊張をやわらげることもある。

「接続チューブはどこだ?」イェリャッツがうろたえ、探知スクリーンに集中した。

トロトとアトランは意味深長そうな視線を交わした。

《ハルタ》の探知システムは、パッシヴ探知においてもアクティヴ探知においても、もはやまったく妨害は受けていない。探知スクリーンには距離を問わず周囲のようすがはっきり表示されている……探知データからは宇宙線の増加と、強くイオン化された原子と自由電子の濃度が高まっていることが確認されていて、船がすでに恒星の内側のコロナに深く進入していることがわかる。

しかし、もし《ハルタ》が最初のハイパーエネルギー・トンネル・チューブから次のチューブへ問題なく移動できていたら、こうしたことはすべて生じていないのだ。

「どうやら、あなたのグループは当時、適当な仕事をしたようだな、イェリャッツ」ハルト人はいった。

「ありえない」ブルー族は自己弁護した。「われわれはシントロニクス産業から最高の製品を採用していた。間違いなどまぎれこむ余地はない」

「おそらくそのとおりだろう」アトランが口をはさんだ。「だが、そうだとするとほかの可能性はひとつしかない。カンタロがハイパーエネルギー・トンネル・チューブを発見したということだ。自分たちの船でハルタの封鎖領域を飛びまわっているのではないかという懸念も生じてくる」

かれは振り返り、問いかけるようにハルト人を鋭く見つめた。

「トロトス、その場合、カンタロはハイパーエネルギー・チューブを罠に仕上げ、この罠に引っかかる者がいないか、きっと見張っている。そして獲物が罠で消滅しなかった場合でも、逃げだせないようにしようと考えたのだろう」

「なるほど」ハルト人はいった。「わたしたちの斜め前方上空のどこかに戦闘部隊が潜んでいて、恒星につながるチューブを使った者が全滅をまぬがれたものの、滅亡の危機を迎えた衝撃でなかば麻痺したような状態で、やみくもに宇宙空間に飛びこんでこないかようすをうかがっているのですね」

話しながらかれは、シントロカ＝システムのプロジェクター＝バッテリーを調整し、焦点を鋭く絞って高圧縮したハイパーエネルギー・ビームを、《ハルタ》が十秒以内に到着するはずの場所に送るように設定する。ただし、船が使う上昇角度よりもいくらか角度を大きくとって目標を定め、《ハルタ》の計算上で拡大された軌道の三光秒上空でゴースト目標が〝実体化〟するようにした。

ビームのエネルギーは個体の質量に変換され、なんなく探知されるような意味での実体化にはならない。カンタロが愚鈍であるとは考えられず、すぐにこのトリックは見破られるだろう。そもそもかれらも間違いなくシントロンによる戦闘手段を知っていて駆使しているのだ。

いや、目的地で質量集結体が単純に出現することはない……ゴーストの投影も視覚的には確認できないものになる。値《あた》いの高いハイパー走査インパルスが出現したときにはじめて、《ハルタ》型の宇宙船の歪んだ走査エコーを走査インパルスの発信源に反射させるのだ。走査エコーは、本物の《ハルタ》が対探知を使って飛んだとたん、走査インパルスを反射した場合とまったく同じように歪む。

ゴースト目標は《ハルタ》を追うように同じ速さで宇宙空間を移動するため、しばらくは両者の距離は大きく離れない。それはカンタロの宇宙船が通常どおり敵はシントロンの戦闘法を使うと計算しているため、遠く離れたところもくまなく監視している場合には大切なことだった。しかし、《ハルタ》が発するハイパー走査インパルスが、近距離の場合には《ハルタ》と〝推定される〟宇宙船から発せられていると見えるという点でも重要だった。

恒星の大気圏と船の距離が広がった瞬間、トロトは作成したシントロカ＝プログラムを稼働させた。

数秒後、かれとアトランの不安が確信に変わったのを感じた。

わずか四光分の距離にハイパー走査器は、長さと高さが各八キロメートル、幅一キロメートルの、縦軸を中心にゆっくりと回転する物体を検知した。一見、無数のプラグを組み合わせた子供のおもちゃのようだ。

だが、《ハルタ》の三名はこうした構造物の正体を充分わかっている。それはギャラクティカーが何世紀も前に故郷銀河の重要な惑星を防衛し、カンタロがもっとも頻繁に通る航路を監視して、のちにカンタロがブラックホールを長距離輸送で使用していることが確認されたときに、故郷銀河＝ブラックホールの前の迎撃部隊の基盤として設計、建設して、大量に配備した宇宙要塞のひとつだった。

このような要塞が、カンタロが勝利したときに何千も奪われ、かれらの目的のための改良、および最新鋭のものへの変換が施されたのち、故郷銀河周辺の壁の警備、制御ステーションとして、また故郷銀河内にある封鎖領域の監視のためのいわゆる戦闘の星として使用されていた。

ペルセウス・ブラックホールでの惨事のあと、トロトが意に反して再度訪れたときと同様に、宇宙要塞はあらかじめ警告することもなく砲撃の口火を切った……その戦闘力はすさまじいものだった。

しかし、当時、敵が成功を収められたのは、ただトロトがなにも気づかないまま無防備にハルタ星系に突入したのが要因だった。今回、トロトは準備万端整っていた。

要塞の砲撃は、〝対探知が稼働している〟にもかかわらず、本物の《ハルタ》よりも強い放射があるため探知でとらえられた《ハルタ》のゴースト像に命中した。本物のほうも、もちろん対探知を稼働させている。こちらはプログラムされた隙間はなく、ほぼ完璧な状態だ。

トロトはゴースト像を強化させた。宇宙要塞に探知されるためには、〝ハルタ船〟の防御バリアのなかではげしいエネルギー放電が起きているように見せかけなくてはならない。

同時にハルト人は船の重トランスフォーム砲で立て続けにエネルギーロ径が各四千ギガトンのトランスフォーム爆弾を三発、敵に向けて発射した。

予想どおり、要塞の強力な防御バリアは敵襲をかんたんに退けた。しかし、ともかくそれぞれ百万トンのTNTの爆発に相当する三発の核爆発で、強力なn次元の衝撃波と妨害放射が発生したため、全方位に向けて星形の走査インパルスを発しているにもかかわらず、しばらく本物の《ハルタ》を発見できず、ゴースト像の正体を見抜くことができない。

「ブラヴォ、トロトス！」船載コンピュータが大きな声を発した。「本物のEVOKA、つまり発展戦闘法でしたね！」

「前宇宙時代のテラでは電子戦闘法を意味するELOKAといわれていた」トロトは訂

正するようにいった。「結局、わたしはおまえを電子頭脳とも呼んでいないぞ」

「探知によると、七隻のカンタロのこぶ型艦が左舷から接近している！」アトランがいう。

「距離約二百万キロメートル、急速に降下している」

「チューブに戻らなくては！」イェリャッツが興奮した声をあげる。

「だめだ！」アトランがいう。「そここそ最初に探される場所だ」

「恒星に対して針路をすでに平行に戻してあります」船載コンピュータが口をはさむ。

「許可をいただけるなら、トロトス、恒星の髭《ひげ》の周囲を進みつづけます。カンタロとのあいだに恒星が入りしだい、超光速航行で離脱します」

「一時的に許可しよう！」トロトは応じた。「だが、完全に離脱するのか？　それが賢明なのか、判断がつかない。結局、わたしは自分の故郷世界と種族に起きたことを探り出す必要がある」

「そのためには生き残らなくては、トロトス！」アトランがうながす。「あと二分もしないうちに、カンタロはずっとゴースト像だけを撃っていたことに気づくだろう。その後は、われわれに対する狩りがはじまる……そうなったら、われわれにチャンスはない」

トロトの計画脳がアトランの論理を理解するのに時間はかからず……かれの通常脳はこの論理をはねつけなかった。

「正しいと考えるとおりに操縦してくれ、タラヴァトス！」トロトはいった。

恒星面の高度約三十万キロメートルのところを《ハルタ》は高速で飛んだ。斜め前方と、少し遅れて斜め後方では、ゴースト像が宇宙ステーションと七隻のこぶ型艦から集中的に砲撃を受けている。

一分半もたたないうちに、カンタロが不安定になったゴースト像から向きを変え、本物の敵艦を探して群れになっているのが探知で確認されると、イホ・トロトはシントロカ＝システムのスイッチを切った。

このとき、《ハルタ》は敵と恒星をはさんだ位置にあり、すでに船首を空虚空間に向けていて、メタグラヴ・エンジンを最大速度で加速させていた。

ハイパー空間に移行した瞬間、対探知があるにもかかわらず、カンタロの探知にとらえられ、位置を特定され、船載した武器の重火器がかれらの方向に向けられた……

4 スラム街

《ハルタ》がアインシュタイン空間に戻ると、船と同じ名の恒星はもはや見えなくなった。左舷には幅約七百光年のほとんどなにもない空間が広がり、その奥に中枢内郭リングがはげしく輝いている。右舷には明るい光しか見えない。故郷銀河の本来の中枢部だ。

「当分のあいだ、ここにいれば安全だ」アトランが確認した。「ハルタ星系のカンタロが、われわれが戻ってくると考えなくなるまで、すくなくとも二十四時間は待ったほうがいい。そして探知されないように次にジャンプする方法を考えよう」

「それは不可能です」イェリャッツが反論した。

「おまけに無意味です」イホ・トロトも低い声でいう。

巨体を特製のシートにうずめ、目を閉じている。

アトランは気づかわしげにかれを見つめると、最新の探知結果に視線をはしらせた。

その顔に、恒星のコロナのなかを飛んでいるときにトロトがハルトの遠距離探知をしていたと知ると、驚愕の表情が浮かんだ。

「タラヴァトス！」かれは静かにいった。「保存されている惑星ハルトの探知データを見せてほしい！」

「だめだ！」トロトはうなり、脅すように握りこぶしを振り上げた。

「実行しろ！」アルコン人がきつくいう。「真実から目をそむけず、そこにひそむ希望を探すのだ」

「希望！」トロトは軽蔑するようにおうむ返しにいった。「わたしにはもはや希望などありません！」

「探知結果を徹底的に分析できていないだろう！」アトランは諭した。「それほど時間はなかった」

「これ以上徹底的に分析したくありません！」トロトが押し出すようにいう。

「かれは目も耳もふさいでいるのです」タラヴァトスが皮肉をいった。

「またテラナーのいいまわしか！」トロトがどなりつける。「このバイオチップ＝サラダめ！」

「怪物！」船載コンピュータが応戦した。

「やめるんだ！」アトランがしわがれた声を出した。「きみたちは無作法な子供のようだ。まったく笑えない。さあ、トロトス、どうだ？　タラヴァトスに、ハルトの遠距離探知で保存されたデータを見せてもらっていいか？」

「どうぞお好きなように」ハルト人はめずらしく弱々しい声でいった。「そうすれば、わたしの状況をより理解していただけるでしょう」

「ディスプレイ四にデータを表示します」タラヴァトスが告げた。

アトランは該当のデータ画面を食い入るように見つめた。

最初に、グリーンに光る三次元映像でゆっくりと回転する球体が示され、つづいて文字、数字、記号が十一列ならんだ。

通常であれば、船載コンピュータは、実際はコンピュータのためだけに設定されたデータを、有機的な知性体が理解できるテキストに変換するが、アトランのためにその処理をすることはなかった。アルコン人には翻訳は不要だとわかっていた。

アトランは実践的にデータを通常の概念に翻訳した。ペルセウス・ブラックホールでの敗北以来なかったような、蒼白な表情になった。

「で……」トロトはゆっくりたずねた。

「ハルトは焼夷兵器で攻撃されたようだな」アトランは静かに、心苦しそうにいった。同時にともにかすかな希望の灯を伝えられないかと心をくだいているようだった。

「地表全体が一度溶けたものが固まったものにおおわれています！」ハルト人はうなった。「大気のシュプールすらありません。これは電光の仕業です」

アトランはかぶりを振った。カンタロのいわゆる電光兵器に関する情報が脳裏をよぎる。

電光兵器は、標的、たいていは惑星の周囲で時空構造に構造亀裂を作り、未知の連続体から生成したエネルギーを使って、まず標的からすべての熱を奪い、絶対零度近くまで冷却する……その後、大量のエネルギーをいっきに注入して、凍りついた惑星の大気が残骸まで燃えつきて、地表を熱く溶けたマグマになるまで熱する。

遠距離探知のデータは、まさにそれが惑星ハルトで起きたと読みとれるものだった。しかし、これはあくまでも遠距離探知のデータにすぎず、ハルトにわずかな大気や生命体が残っているかどうかについては、なにも語ることはできない。

「一見すると、きみが正しいのかもしれない、トロトス」アルコン人は説明した。「だが、遠隔探知データは精密ではなく、光球を粒状化するさいの衝撃波で質がどうしても低下してしまう」

「電光でわたしの種族は絶滅しました」トロトは落胆していった。「ともかく、この精密ではないデータではそうなっています」

「説得力はない」アトランは異議をとなえた。「このざっくりとしたデータでは明確な結論は出せない。ハルトの地表は荒廃したかもしれないが、だからといってかならずしもきみの種族が滅びたとはかぎらない」

かれは声を荒らげた。

「それともカンタロは、ハルト人がもはやいないのにもかかわらず、ハルタ星系の封鎖を維持しているといいたいのか？　どんな理由があってきみの世界をこれほどきびしく監視しているのだ？」

イホ・トロトは目のついた短い柄を伸ばし、解剖するかのようにアルコン人の友をながめた。

「いいえ、あなたは事実についてわたしをごまかそうとはしないでしょう、アトラノス」一分ほどたってから、かれはいった。「あなたは本当に、わたしの種族がまだ生きていると信じているのですか？」

「ハルタ星系で確認できた状況からの推測だ」アトランは返事をした。

「わかりました！」トロトはあらたな力を得られたように声をあげた。「では、戻ってハルトのようすを確認しましょう！」

「どうかしている！」イェリャツがいった。「ハルタ星系に戻ったら、すぐにカンタロに攻撃される。あなたの船はこの数日間ですでに二回、ハルタ星系に入っている。遅かれ早かれ戻ってくると敵は思っていて、警戒を強めているだろう。二十四時間待ったとしても、われわれにとって意味はない」

「警告しておく！」トロトが脅すように声をとどろかせた。「こんどまたわたしを侮辱するようなことがあったら、全身の骨を折った末に裸でエアロックからほうりだしてやる」

「早まるな、トロトス！」アトランは友を諭した。「きみのほうは今後、侮辱的な言葉は避けるように、イェリャッ！」かれはブルー族のクローンに向きなおっていった。「トロトのいうとおりだ。ハルトへ飛び、近くから状況を調査しなくては。だが、ふつうの方法では無理だ。その点では、きみが正しい、イェリャツ。ただし、すでにきみは、命を落とすことなくハルトにたどり着く方法を考えているようだな。それは声の調子からわかる」

ブルー族の表情は晴れやかだった。このブルー族をアトランやトロトほど知らない者の場合は気づかないようなものだったが。明らかに得意になっているようだった。

「たしかに、そうしたことは考えています」かれは説明した。「しかもハルトから約八十光年しか離れていないアンダローというスラム世界について考えています。そこでカンタロは遺伝子ごみを保管してきました。まずは遺伝子工学実験の通常の失敗作です。妨害工作によって生じてかくされていたわたしのような繁殖の失敗作はありません。でも、そこにはヴィッダーの工作員もいて、特殊機器でアンダローに駐留するカンタロのハイパー通信を盗聴しているのです。きっと、かれらからハルトに到達する比較的安全な方法を教えてもらえるでしょう」

「アンダロー……？」トロトはくりかえした。

「はじめて聞く名前だ。もしその惑星がハルタから八十光年しか離れていないのなら、その存在を知っていたはずだが」

「アンダローはハンクールという赤色巨星の第七惑星だ」イェリャッが答える。「知るかぎり、その名前がつけられたのは数年か数十年前。それまでは、この星系とその惑星にだれも興味がなかった。アンダロー以外はすべて居住者がいない。極端な世界で自発的に移住しようとする者はだれもいないのだ」

「そのせいでわたしの種族はこの星系を分類していなかったのかもしれないな」トロトはいった。「おそらくハルタよりも中枢星団に近いのだろう」

「そのとおりだ」ブルー族がうなずく。「そこに飛ぶ者は地獄に落ちるような心持ちになる。しかし、われわれにとっては、ハルトへの比較的安全な行き方を知る唯一のチャンスかもしれない」

「そのためなら本物の地獄にだっていってやる!」イホ・トロトは咆哮《ほうこう》し、意欲に燃えるように笑ったが、まったくうれしそうではなかった。

「タラヴァトスに座標を伝えてくれ、イェリャッ!」アトランはクローンに向きなおった。「さらにアンダローについて教えてほしい!」

＊

「ロバは気分がよくなると、氷の上に踊りにいくのです!」メタグラヴが作り出したヴォーテックスの渦を抜けて《ハルタ》がハイパー空間に突入すると、タラヴァトスは不平をもらした。「イェリャツはアンダローのことを話してはいけませんでした。話さなければ、わたしの繊細なハイパーエネルギー構造フィールドの心配をする必要はなかったのに」

イホ・トロトは笑った。しかし、実際はそんな気分ではなかった。船はハイパー空間に落下した直後、ハイパー嵐に見舞われ、何十発ものトランスフォーム爆弾を浴びたかのように揺さぶられたからだ。さらに悪いことに、ハイパーエネルギーの擬似ニュートリノのシャワーが、嵐によってグリゴロフに裂かれた構造亀裂を光速の数百万倍の速さで突き抜けて船全体を貫通した。

有機的生命体や死んだ物質には測定できるような影響を残さなかったが、閉じられた空間歪曲のように各コンピュータをとり囲み、通常は宇宙のあらゆる有害な影響からコンピュータを守る不活性フィールドを貫通した。

しかし、船載コンピュータがなくては、銀河中枢部にこれほど接近する航法はほとんど不可能に等しいものだった。

「いっておくべきでした！」シートベルトをしめているにもかかわらず、《ハルタ》を揺らす振動でほうり投げられないように成型シートの肘かけにしがみつき、身を守りながらブルー族のクローンは弁解した。

アトランも成型シートの肘かけにつかまっていたが、シートを〝たいら〟にして振動をにがし、急激に変化するエネルギーが衝突する部分をすくなくしていた。

集中して探知機や船の各セクションの表示に目をこらす。ハイパー嵐ははげしさを増していた。しかし、同時にいくつもの兆候と何千年もの経験から、惑星のサイクロンのように〝無風〟状態のハイパーサイクロンの目に船が突入しかけていることを悟った。ただし、セクションの表示から、船内システム全体のコンピュータ網が乱れているだけではなく、隙間まであって、船載コンピュータのコア・システムとのフィードバックによってネガティヴな作用が及んでいるのがわかった。完全なブラックアウトになっていなくても、タラヴァトスを信頼できないという状態につながりかねない。

「緊急の場合はシミュニケーターを遮断するんだ、タラヴァトス！」警報サイレンと警告装置の喧噪《けんそう》のなか、アルコン人が叫んだ。

「そんなことをすると、あなたがたの行動がわからなくなります」船載コンピュータは、トロトが友を心配するときに使う口調を完璧にまねて答えた。「あなたがたは愚行にはしるかもしれません」

すべての表示とスクリーンが突然、まぶしく光った。まるで船がはげしい爆発で消滅したかのようだ。しかし、次の瞬間、スクリーンは暗くなり、数秒で点灯してもとに戻った。《ハルタ》は惑星の地表にいるかのように静止している。グリゴロフの隙間が閉じて、ハイパー＝P＝ニュートリノによる船への攻撃がやんだ。

「サイクロンの目に入った」トロトは確認した。「ふつうに戻ったか、タラヴァトス、そう表現してよければだが？」

「愚かですね、トロトス」と船載コンピュータ。「そうでなかったら、そんな中傷的な言葉は口にしないはず。わたしのほうは少し痛めつけられはしましたが、すぐに完全な状態に戻ります」

「魔法の袋は、決してうぬぼれることはない」イェリャッツは認めた。「コンピュータには意識を持つことを許すべきではないだろうな。機能すればいいのであって、文句をいう必要はない」

「ほかの知性体の意識を決定することは禁じられている、イェリャッツ」ハルト人がたしなめるようにいった。「たとえ相手がコンピュータであってもだ」

「ありがとうございます、トロトス」船載コンピュータが声をあげる。「あなたは真の友です。ですが、イェリャッツ、あなたとは絶交です」

「たわごとを！」ブルー族のクローンはつぶやいたが、不快に感じているのは明らかだった。

「ここでたわごとをいっているのがだれなのかは、いずれ判明するはずだ」アトランがいう。「しかし、それよりも重要なのは、サイクロンがやみ、われわれがふたたび、ほとんど通常どおりのハイパー空間を飛んでいるという事実だ」

かれは探知スクリーンを指しめした。ハイパーエネルギーのサイクロンが収まったことが示されている。

数分後、船の超光速航行もいつもどおりに戻った……四分の一時間後、《ハルタ》がアインシュタイン空間での位置確認航行に戻ったとき、プログラムされた位置確認ポイントからのずれはわずか三光秒だった。

ただし、この宙域ではごくわずかなずれでも、中枢部からの重力子の噴出によって時空構造が短い間隔で変化しているゾーンに危険なほど接近するのに充分だ。

最初にイホ・トロトがこの危険に気づいて手動操縦装置を作動させた。船載コンピュータは明らかに不安定になっていて頼れない。どうにか《ハルタ》を危険宙域地帯から脱出させることに成功した。

船をとめ、ハイパー走査機のリフレックスを分析する。

「目的地まではまだ十九光年ある」かれは仲間に説明した。「ただし、弧を描いて飛ばなくてはいけない。というのも、ちょうどハンクール星系までの仮想の直線航路上にブラックホールがあり、その質量が増加し続けているようなのだ。そこから発する重力波が絶えず強くなりつづけていることから間違いない。この現象は経験的にわかっている。中枢部の周縁で頻繁に発生するのだ」

「ハイパー次元噴出か？」アトランも銀河中枢部の状況は経験から熟知している。

「そのとおりです」ハルト人は同意した。「こうした現象は故郷銀河やほかの銀河の中枢部ではふつうのことです。このような超高密度の星団における物理的、ハイパー物理的プロセスは、若い恒星の内部と似ていますが、想像を絶するほど強力です。

中枢部の周縁からの質量とエネルギーの〝通常の〟噴出に加え、源がたいてい中枢部の奥深くにあるハイパーエネルギーのはげしい爆発がくりかえされます。天文物理学者はこれを〝ハイパー次元噴出〟と呼んでいます。それはほとんどの場合、中枢部の外側の領域に向けて何光年にもわたって噴出し、長期間の構造歪曲を引き起こします。

こうした構造歪曲はブラックホールに接近すると変化して、ブラックホールの中心に衝突するように偏向するのです。質量とエネルギーが基本的に等価である結果、歪曲を流れるハイパー次元エネルギーは、問題のブラックホールの質量を増加させ、論理的には、そこから発せられる重力波がより強くなり、その範囲も拡大します」

「かつてわたしは、こうしたことに何度もとり組んできたから、それは自分の経験からもわかっている」アトランはいった。「ハイパー次元噴出がブラックホールと衝突するのは比較的まれだが、それが起こった場合、広域にわたって空間の構造が変わる。近くを飛んでいる宇宙船がハイパー空間から引きだされ、未知の次元にはじき飛ばされる可能性さえある」

「だから大きく弧を描いて飛び、前方で待ちかまえる地獄の深淵を避けようとしているのです」ハルト人は説明し、船載コンピュータを使って新しい超光速航行をプログラムした。

それがすむとイェリャッツに向かっていった。

「カンタロがアンダローで遺伝子ごみを廃棄するのではなく収集しているのなら、かれらにとっては遺伝子ごみに価値があるにちがいない。だから、この悪夢の生物をだれかに奪われないように警戒しているのだろう」かれは問いかけるようにブルー族を見つめた。

「カンタロがハンクール星系を監視していることはわかっている」とブルー族。「だが、おそらく対象はアンダローだけだろう」

「それなら、《ハルタ》でハンクールの大気圏の外層に進入してそこでとどまり、対探知を作動させて搭載艇でアンダローまで飛んで、着陸するといいだろう」イホ・トロトはいった。

「同意見だ」アトランはいい、ブルー族のクローンに探るような目つきを向けた。「疑問なのだが、われわれの目標はハルトだけなのに、なぜアンダローについてそれほどの情報があるのだ？」

「ハルトは第一の目標でした」イェリャッツが説明する。「この第一の任務を終えたあと、アンダローに着陸し、ヴィッダーの工作員や、可能であれば数人のミュータントとコンタクトをとり情報を収集することが、わたしがロムルスに委任された第二の目標だったのです」

「しかし、アダムスはなにもいっていなかったぞ」アルコン人は不審そうにいう。

「アルヘナからの退避行動にひどく時間をとられていなかったら、言及していたかもしれません」イェリャツがいう。「ロムルスにこの任務を与えられたことは、真実の白い被造物が証人です。しかし、まずはハルトの探索でしたから、前もっていわなかったのです」

「それは論理的に聞こえるな」トロトは柔和にいった。「それに、どちらにしてもアンダローにいかなくては」かれは問いかけるようにアルコン人を見つめた。「五分後にスタートですか？」

アトランはうなずき、《ハルタ》の加速を感じると、すでに何度もくりかえされてきた、ミロナ・テティンとバス＝テトのイルナを交互に抱きしめる白昼夢にもぐりこんだ。

＊

ハイパー空間を疾駆していた船は、次の瞬間、宇宙全体に広がっているかのような赤い散光のなかにいた。

しかし、実際は……ハイパー走査機が表示しているように……《ハルタ》は直径がソルの六百倍の赤色巨星の大気圏の外層にいた。

イホ・トロトはパラトロン・バリアを作動させる必要もなかった。上空で燃える、安定性に欠け、密度にのみ特徴がある、輝くガスの温度は二千ケルビン度にも達していなかったからだ。密度がはるかに低い大気中は、それに応じて温度も低い。

ハンクールは年老いた恒星で、その核では水素の大部分がすでにヘリウムに変化していて、中心核の〝燃焼〟によって炭素やさらに重い元素が生成されていた。

「ここは居心地がいい」トロトが確認した。「中心核は退化した物質ではなく、質量の大きなあらゆる赤色巨星と同じようにふつうの物質でできている。脈動も危険はなく、惑星に効果をもたらすだけだ」

「第七惑星がアンダローだ」イェリャッが目に見えていらだっていう。

「アトランとわたしは健忘症ではない」ハルト人はおだやかに責めた。

「タラヴァトスもです」船載コンピュータも口をはさむ。

「第一惑星から第四惑星はまだハンクールの重力中枢を囲む恒星大気の内側を周回している」アトランは探知表示を確認した。「それぞれ、地表は熱い岩滓《がんさい》クラストが広がるだけだ。第五と第六も、ハンクールが星の一生のうちの赤色巨星に膨張したときに焼かれたにちがいない。第七は、かつては太陽系の木星に似たガス惑星だったようだ。ハンクールが赤色巨星になったとき、そのメタン＝水素大気の大部分は吹き飛ばされたように見える。ただし、残った大気はテラの二倍あり、重力は二・六Gだ。まさに極端な世界で、恒星の脈動によって気候と天候がはげしく変化しているようだ」

かれはブルー族をわきから見やった。

「労力をかけた技術的な補助を使わずに生き残ることができるのは、特殊な抵抗力があるビオントくらいだろう？」

「そうだと思います」イェリャッツはためらいながら返事をした。

アトランは眉をひそめ、なにかいいたいようだったが、黙ってそれ以上追求しなかった。イホ・トロトとともに、恒星大気内で船の軌道を安定させ、二十二メートルの搭載艇に移り、装備の一部も移動して、搭載艇の進入、着陸コースを定めるために必要な準備をした。

約一時間半後、球型の搭載艇は細長い船の前部、中央司令室の奥にあるホルダーから離れた。前宇宙時代のテラの船ではドッキング機構と呼ばれていた部分だ。

搭載艇にあるのは重力エンジンだけなので亜光速しか出せない。そのため約三時間かかってアンダローに到着し、減速しながら大気圏に突入した。イオン化した気団の光る尾を引いたり、はげしい減速とそれに伴う強力なエンジン放射によって船の存在をさらしたりすることなくゆっくりと進んでいく。

しかし、この時間の浪費も三名にとっては気にならず、あわてる必要も感じられなかった。もっとも、トロトとイェリャッツにはいくらか焦《あせ》りが見えていたのだが。

ハルト人が操縦役を務め、ブルー族が緊急の場合には二基のトランスフォーム砲を作動させられるように準備すると、アトランは極ドームの上部にある観測室に引きこもり、この宙域の星座やそのほかの宇宙現象を調査した。

アルコン人が集中して作業していると、トロトがインターカムで、アンダローに到着したので中央デッキの司令室に戻ってほしい、と伝えてきた。

「未知の探知の兆候はありません」アトランが席につくと、ハルト人が報告した。「こぶ型艦も宇宙要塞のシュプールもありません。もしカンタロの部隊がいたとしても、アンダローの九つの衛星のどこかの遮蔽《しゃへい》フィールドにうまく潜んでいるのでしょう。念のため、アクティヴ探知は作動させていません。低速航行をしているので、パッシヴ探知で充分でしょう。放射のない隠蔽《いんぺい》フィールドに潜んでいるものを探ることはできませんが」

「どうやら、カンタロはアンダローでは安全だと感じているようだ。自分たち以外はこのスラム街の惑星を知らないと思っているからだ」

「偶然から発見されることも望んでいないのでしょう。だから死んだふりをしているのです」ブルー族のクローンもつけ加える。

「アンダローはカンタロの計画で重要な役割を果たしている気がする」アトランはいった。

その後かれと仲間たちは黙り、トロトは軽く弧を描きながら惑星の大気圏を通過して、深さ約二キロメートルの峡谷の底に船を着陸させた。

この機会にかれらはアンダローについてのさらなる情報を収集し、地表の大気の密度が地球の約二倍あり、自転時間は十一・三時間、ハンクールをめぐる恒星軌道周期は二十九・四年だと確認された。

大気の組成はテラとは大きく異なっている。酸素は充分あって人類は呼吸可能だが、窒素と酸化炭素がすくなく、ヘリウムがかなり多い。

アンダローに海はなかった。地表はほとんどたいらな岩石地帯、いわゆる楯状地で、最高標高も三百メートルに満たない。今ではほとんど大部分が浸食されているが火山の火口跡が数多くあり、かつてははげしい火山活動があったことがわかる。しかし、もはやそれもほとんど感じられない。

地質学的な楯状地のあいだには無数の深い峡谷があり、そこを川が蛇行している。こうした渓谷だけには、植生があるようだった。三名の宙航士は、自分たちが着陸したのと同じような渓谷をいくつも目撃した。川がそこを流れていたが、渓谷はたいてい深く切りこみ、底が暗すぎて、ほとんどなにも生えていない。

開拓された形跡はほとんどなかった。発見できたのはただ、地表の肥沃《ひよく》な谷間に点在するわずかなバラックのならぶ集落だけだった。ただしかすかなエネルギー放射があり、比較的原始的な小型核融合炉を使った節約型のエネルギーを分散して供給していることがわかる。集落の多くは放棄されているようで、平屋のプレハブ小屋はなかば崩れ、エネルギーも通っていなかった。

「多くは期待できないな」状況を確認するとアトランはいい、ブルー族に向きなおった。

「生物的な欠陥品をこちらが見つからないように観察できて……ヴィッダーの工作員とコンタクトできる場所と方法はあるだろうか？」

「ええ、もちろん！」イェリャッツは闊達にいった。「案内します。もちろん、セランの使用は必須です。三時間後には、集落の近くに到着すると同時に、かくされたヴィッダーの基地付近にもいくことができるでしょう」

「アンダローで動くために、じつに準備周到だな」イホ・トロトが確認する。

「いったように、ロムルスからアンダローの情報を集めるように命じられていたからな」イェリャッツは答えた。「もちろん、それなりの準備をする必要があった」

「当然のことだな」アトランは、ブルー族のクローンの行動から、アンダローの状況にただ義務的に関心があるだけでなく、おそらく個人的にも関心があるのだろうと感じたことは悟られないようにいった。アルコン人クラスの宇宙心理学者をそうかんたんに欺くことはできないのだ。

ブルー族の合図で、アトランとイホ・トロトはセランのグラヴォ・パックのスイッチを切り、イェリャツのわきの岩場にある人類の身長ほどの大きさの岩塊のあいだで地面に降下した。

*

ほぼ三時間、グラヴォ・パワーをおさえて、むきだしの不毛の岩地のすれすれのところを飛び、いくつかの峡谷を横切り、雹《ひょう》を伴うはげしい雷雨に耐えた。

ブルー族は前方を指ししめした。

集落にはバラックが十三軒あったが、そのうち四軒は朽ちかけていた。そのあいだや周囲には、細長い薄いグリーンの葉に、真っ赤な実をつけ、チューリップのような白い花を咲かせた植物が茂っている。約二十メートル前方の一メートルほど下には浅い川があり、透んだ水が流れている。岸辺にはヨシと海藻をかけあわせたような赤みがかった植物が生え、細い糸のような枝が水中にたれさがっていた。

人類とオオカミの中間のような生物がバラックの開いたドアから出てきて、アトランは思わず息をのんだ。背丈は一メートル半ほど、前傾姿勢で歩く。巨大なこぶがあり、灰褐色の剛毛におおわれていた。

全身が毛におおわれているが、腕や足は人間のもののように見える。一方、頭は恐ろしい見かけだった。オオカミのような細長い鼻づらで鼻先は黒く湿り、舌が出ている。耳もオオカミのそれに似ている。しかし、頭蓋骨はオウムのように高く盛り上がっていた……無毛の狭い額とうすいブルーの目の表情はヒューマノイドの遺伝をもつしるしだ。

「キメラだ！」アトランは心を落ち着けると、ささやいた。

何千年ものあいだ遺伝子操作になじんできたにもかかわらず、この生物に怒りと羞恥《しゅうち》心を覚えた。しかし、かつては厳格な法律があり、遺伝子工学の使用が許されるのは、バクテリアの産業利用、極端な環境下での家畜や農作物の目的を定めた突然変異、知性体の染色体に対する遺伝子手術によって、あるいは環境害毒によって生じた遺伝子の損傷の修復、または遺伝性疾患の撲滅のためだけだった。

海の養殖場の世話や傭兵の育成など、知性体の遺伝型を特定の活動に特化して操作することは禁じられていた。

そうしたたぐいの操作が許可されているのは例外的な場合のみだ。つまり、極端な世界での入植者の環境適応のために遺伝子工学的な対策をとるときで、そもそもその対策で適応が可能になる場合、あるいはその対策をしないと全入植者が死亡するような環境である場合だった。

しかし、キメラは決して許されてはいない。遺伝子操作によって異なる人種や種族の遺伝子を融合させて、あらたな生物を作ることは絶対的に不自然だからだ。

第二の生物が〝オオカミ人間〟に加わった。先史時代の直立歩行するトカゲの一種で、鱗《うろこ》と毛皮が混ざっていて、かぎ爪のような足に華奢《きゃしゃ》な手、さらに鱗におおわれた頭をふたつ持ち、その顔はマウンテンゴリラを思わせた。

二名の異なるビオントは開いた小さな計測ステーションでデータを読みとり、小型コンピュータのデータと比較した。

「かれらはどこにいるのでしょう？」イェリャツがささやく。

「だれのことだ？」アトランが問い返した。

「かれらはバラックに入れられたが、そこは今はなかば崩れている」ブルー族は、アルコン人の質問には答えず、つぶやいた。「間違いない。ここは第四十三キャンプだ」

「なんの話だ？」トロトが小声でいった。

「われわれ、基地にいかなくては！　チ＝シェルなら顛末を知っているだろう」

イェリャツは返答する代わりにそういうと、デフレクター・フィールドで身をかくしてスタートした……アトランとハルト人は面倒を起こしたくなければ、ついていくしかなかった。

両名もデフレクター・フィールドを作動させ、姿が目に見えないようにする。ただし、三名がたがいのようすを確認することは可能だ。セランの透き通った球形ヘルメットに、かつてのアンティフレックス眼鏡から改良を重ねたアンティフレックス・フィールドが組みこまれているからだ。

約二十分間、磨き上げたかのような岩肌のすぐ上を飛んでいったが、峡谷に降下することはしなかった。そこでオーストラリアほどの大きさの楯状地の〝もっとも隆起した〟土地で、小型のドーム状の建物を複数、発見した。

アルコン人が合図して三名は着地すると……峡谷は勘定に入れずに……もっとも低い地表から約二百メートルの高度の地域に広がる現象を観察した。

「これはなんだ？」アトランはヘルメット・テレカムの到達範囲を最小限に切り替えてイェリャッツにたずねた。

「わかりません」ブルー族のクローンは返事をした。「これについてはアルヘナのシントロンにはデータはまったく保存されていませんでした。ただ、カンタロの施設なのでしょう」

「施設？」アトランは懐疑的にくりかえした。「わたしにはむしろゲート・ドームに見える。ここから地下の奥深くにある施設に入るというわけだ」

「つまり、ついにアンダローにおけるカンタロの活動や目的についての手がかりを発見できるということですね！」イェリャッツは興奮して声をあげ、からだを伸ばした。「いきましょう！」

「待て！」ブルー族がスタートしようとしているのを見て、イホ・トロトがうなり声を発した。「テラナーにいわせれば、このドームはあまりにこれみよがしだ。どこかおかしい」

アトランは、セランがパッシヴ探知機によって球形ヘルメットの内側にうつしつづけている映像を観察していたが、こういった。

「確かに、おかしい。ドームの素材はフォーム・エネルギーのようだ……しかも存在しうるかぎりで最高に発達したフォーム・エネルギーだ。実用的に限度なく安定させるため、プロジェクターなどの機器によるエネルギー供給は必要なく、絶対的に熱を持たない。わたしのパッシヴ探知機では熱放射は確認できない」

「ですが、それは論理的ですよね？」ブルー族が反論する。

「まるでちがう！」トロトは否定した。「論理的には、ゲート・ドームや別の目的のドームには、これらの施設の機能を制御するためのエネルギー流がくまなく流れているはず……たとえば、あらゆる種類のサーボのため、あるいは惑星深部までいくための反重力シャフトのためのセンサーのようなものだ」

「そのとおり」アルコン人は賛成した。「完全な機能のないゲート・ドームは無用の長物。例外は、好奇心をひきつける場合のみ。また、好奇心をもつのは、その資格がないのにアンダローに着陸した者だけだ」

「つまり、罠ですね」イェリャツが驚く。

「罠だ……とくに……この惑星が未知者の侵入を完全に封鎖していない理由がそこからわかる」と、アトラン。「だれもやってこないような中枢部の周縁に位置するエネルギーの地獄のまんなかにある宙域では、それはあまりにむだだろう。百万年に一度、偶然、迷いこんでくるような知性体には、このような、いかにもといった小さな罠で充分なのだ」

「ハエ取り紙のようなもの、と、タラヴァトスならいうだろう」トロトがつけ加える。

「のろわしいやつらだ、カンタロどもめ！」イェリャツはののしった。

「進もう！」トロトが声をあげる。「ヴィッダーの基地へ案内してくれ、皿頭！」

「われわれブルー族を二度と皿頭などと呼ぶな！」クローンが立腹した。

「静かに！」アトランが命じた。「構造震動を探知した。わたしのピッコロはこぶ型艦が引き起こしているといっている」

「ピッコロ？」イェリャツは理解できずにくりかえした。

トロトは笑い、説明した。

「かれのスーツのピコシンのことだ。テラナーとアルコン人には専門用語を自分たちの言葉に変えていう癖があるのだ。そうだな、わたしのパッシヴ探知機がさらになにかとらえはじめた。三つの比較的小さな物体の熱放射だ。わたしの計画脳も、三隻の搭載艇がこぶ型艦から放出され、大気圏に急降下してくると推測している」

「では、われわれ、身をかくさなくては！」イェリャツが叫んだ。

「だめだ、遅すぎる」アルコン人が反論した。「さあ、スーツのシステムを完全停止するのだ！　空気供給装置もだ！　即刻！」

セランのピコシンはこれを指示と受けとめて反応した。

アトランは突然、アンダローのきつい重力を感じた。ただし地面に横たわっていたので問題はない。ヘルメットのガス交換弁を開き、惑星の濃密だが清浄な空気を吸う。はるか昔に訓練した呼吸法のおかげで、空気濃度が高くても吸った空気をすべて吐き出すことができる。

左右ではトロトとイェリャツが、かれにならっていた。探知で三名の居場所が特定されるのは、かれらを目的として特別に探している場合だけだが、その可能性は除外できるだろう。

約一分半が過ぎたとき、ざわめきのようなさまざまな音がスラム世界の淡紅色の雲がところどころに広がる空に飛び交った。搭載艇は音速の数倍のスピードで飛んでいて、肉眼では確認できない。船が遠ざかり、宙航士たちがスーツのシステムを再起動させると、ピコシンはようやく三機の搭載艇の輪郭の写真のようなものを防護ヘルメットの内側にうつしだした。

「着陸地点はここからすくなくとも千キロメートルはなれている」トロトは気づいた。

「またスタートしなくては」

ブルー族はあらためていわれる必要もなかった。なにかの懸念に囚《とら》われているようだ。

スタートして、さらに十分ほど直進すると、イェリャツは右にまがった。暗く狭い峡谷に入り、約八百メートル下の岩場に着地する。

仲間が隣りにならぶやいなや岩棚の奥の濃いグレイの岩壁に三カ所、細く隙間が開き……その奥のほうでエネルギー砲の放射口が血のように赤く光っていた。

「プソプタ！」ヘルメットの外部スピーカーからイェリャツが声を響かせた。

アトランは耳を傾けた。この合言葉に、尊敬の念を抱くことが多かったが、同時に陽気な気分を感じられることもあった太古の種族の者との出会いを思い出した。

放射口の光が消えると、岩の細いゲートが開いた。奥まで通廊がまっすぐつづいていて、天井のプレートは赤い光をはなっている。

ブルー族は迷うことなくこの門をくぐった……アトランとトロトがあとにつづくと、門はふたたび閉まった。

通廊を約百メートル進むと、先史時代の礼拝所のような四角い部屋に出た。中央には黒い台座の上に、長さ三メートル、高さと幅が一・五メートルの半透明でグリーンがかった素材の棺が置かれている。

イェリャツは手を上げて仲間に静かにしているように求めると、鳥のさえずりのような音を何度も発した。

棺のふたが持ち上がった。宙航士たちは黒い台座に上がり、なかをのぞいた。するとそこには二本足と二本腕の、ヒューマノイドとトカゲの混ざったような金色に輝くミイラがあった。ふたつの眼窩《がんか》にはルビーのような宝石が埋まっている。

イェリャツは身をかがめ、それぞれの宝石に指をあてて押した。宝石が沈むと、かれは一歩さがり、仲間に合図して、棺のふたがふたたび閉じるとすぐにそこに乗った。

次の瞬間、台座、棺、宙航士たちは、まるで特急シャフトに乗ったかのように急降下した。約二百メートル下でシャフトは停止した。宙航士たちは左側に開いたところを急いで通り抜けた。すると奇妙なシャフトはまた上昇していった。

眼前に身長二メートルほどの生物があらわれ、アトランの唇に微笑が浮かんだ。セランを着用しているが、一見、テラの雄ヤギが直立歩行しているようだ。頭と顔はまさに〝人類化〟したヤギの顔のようだ。アトランは思わず、トクルント人のエシュクラル・ノグヒム・ドラグスを思い浮かべた。顔つきがとても似ていて、《クレイジー・ホース》の乗員からは〝ヤギの顔《ベックリン》〟と呼ばれていた。

「かれがチ＝シェルだ」イェリャツが紹介した。白髪の交ざった縮れ毛でおおわれた頭に、軽く湾曲した尖った角《つの》が上向きに生えている。「シェボルパルチェテ・チシェルブレトだ」

「シェボパル人か」トロトはいった。「よろしく、悪魔！」かれは笑い声をとどろかせた。シェボパル人の宙航士たちはすでに旧暦十世紀から十一世紀にかけて地球を訪れていたが、その外見から迷信深い住民により悪魔として悪評がたち、恐れられていたことを知っていたのだ。

西暦三四四一年以降は、かれらは人類の友であり同盟者となったが、一部の例外を除いては、いつのまにか忘れさられていた。

「よろしく、生けるテルコニットの塊り！」チ＝シェルは愉快そうに返答した。

「かれはイホ・トロト……もう一名の仲間はアトランだ」イェリャッツが紹介する。

「光栄です」シェボパル人は種族特有の大きな明るい声でいった。「さあ、こちらへ！」

通廊を進み、罠や偽のゲート、脱出用チューブの迷宮を抜けてドーム形の小部屋に入った。壁には無数のモニターがある。床には故障したさまざまな特殊ロボットのあいだに、シントロンや制御装置のコンソールがあった。

「どうぞ、おすわりください！」チ＝シェルはいい、ゆるやかにまとめられた成型シートを指ししめした。「あなたはご遠慮いただけますか、ハルト人。このシートはそれほど頑丈じゃないもので」

「わたしの仕事仲間は？」トロト以外の全員が席につくと、イェリャッツは質問した。

「いま向かっている」とチ＝シェル。「ここから千キロメートルのところで、カンタロのロボット部隊が岩のなかで重要な施設を建設している。アショルブレトとネムスブレトが、そこでなにが起こっているのか調査中だ。アンダロー全体に散らばった、生きているビオントと関係があるようだ。一部の居住地はすでに引きはらわれていたから」

「そうか！」ブルー族がいう。「で、キャンプ四十三は？　部分的に引きはらわれたのか？　そこにいた六百シリーズのクローンも施設に連れていかれたのだろうか？」

「つまり、あなたのような二十五名のビオントのことか？」シェボパル人は確認した。

「そうだ」イェリャツは神経質そうに認めた。「アンダローに連れてこられた六百シリーズのブルー族のクローンだ。ロムルスが報告したように、かれらはキャンプ四十三に連れていかれた。わたしはかれらを解放できればと思っている」

チ＝シェルはヤギ頭を不服そうに揺らした。

「それは許可できないだろう。カンタロやロボットのアシスタントに、無許可の者がアンダローをうろついていると知られてしまう。綿密に捜索されることがなければ、われわれの基地は発見されないだろう。しかし、救出作戦など論外だ。というのも、この者たちは半年前にダアルショルというカンタロの指揮下で、目的もわからないまま誘拐されたのだから」

「暗い死の被造物にかけて！」ブルー族は声をあげた。失望の感情がなかば落ち着くと、かれは静かにたずねた。「かれらはあらたに造られた施設に移ったのだろうか?」

「いや」と、チ＝シェル。「かれらはアンダローを離れた。施設の建設がはじまったのはそのあとのことだ」

「では、ここにきたのは徒労だった」イェリャツが落胆していった。

「できることなら、われわれのほうも徒労でなければよかったのだが」アトランは陰鬱な表情でブルー族のほうを向いた。「きみがなにかの口実のためだけにここにわれわれを誘いこんだのなら、トロトとわたしはきみをアンダローに置き去りにする」

「すべての赤い森の被造物にかけて!」ビオントは驚いてさえずるようにいった。「わたしの話がすべて嘘だったなら、三光年の長さがあるイリュ・イモムシを丸ごと食べます。たしかに、苦しむ仲間の解放を望もうとするなら、方便としての嘘が必要です。しかし、チ＝シェルたちによる敵の通信の傍受から、ハルト星系の封鎖にできた隙間についてなにかわかると思うのです……ひょっとすると、ハルト人の運命までも」

「種族の運命については希望を抱いてもむだだ」とシェボパル人。「だが、カンタロのハイパー通信網から、かれらがかつて、ヴィッダーの司令部によって設置されたハイパーエネルギー・トンネルをすべて発見し、罠にしたことがわかった。

ただしかれらは今日まで、当時の司令部が、ハイパーディムの噴火によって生じたような寿命の長い構造歪曲の対探知に守られて、ハルタ星系に出入りしていたことに気づいていないようだ。この歪曲は今も存在していて、ハルトのすぐそばまで到達できる」

「その歪曲はブラックホールにつながるものだろうか？」アルコン人がたずねた。

「いいえ、ちがうものです」チ＝シェルがいった。

「いいぞ！」イホ・トロトが声をとどろかせる。「では、カンタロに発見されずにわたしの故郷世界に着陸できる方法がわかったというわけだ。名誉挽回だな、イェリャッツ」

「謝罪として受けとめよう、ハルト人」ブルー族は満足そうに答えた。

「そこまでの意味はなかった」トロトは正した。「ここでハルトとわたしの種族の運命を知ることを予期できるはずだった」

「それを確かめるため、ハルトへ飛ぼう」アトランはかれをなだめた。「だが、カンタロがすでに、構造歪曲が対探知となって出入りする船を守るのにちょうどいいことに気づいていると想定しなくては。この場合、探知ゾンデが歪曲に設置されていて、至近距離で通過するより大きな物体をそれぞれ計測しているはずだ」

「では、ハルタ星系には近づかないほうがいいのでは」イェリャッツがいう。

「きみが偵察任務にほとんど興味がないのはわかっている」ハルト人が声をとどろかせる。「根本的に、きみは自分の仲間を解放したいだけだ。それはわかるが、われわれの作戦のおもな目的はハルトの偵察だ。それはだれにもじゃまさせたりはしない」

「構造歪曲があるとはいえ、それはやはり危険な任務だ」チ＝シェルが懸念を口にする。

「可能なレベルまでリスクは減らせる」トロトが考えながらいう。「アトラノスがいった、構造歪曲のなかにあると想定される探知ゾンデが、大きな物体を測定するという話は正しいだろう。しかし、《ハルタ》を搭載艇とともにハルタ星系の外に停めて、セランだけを着用して歪曲に沿って侵入すれば、発見されない可能性が高い」

「ブルーの戦慄の被造物よ、われを助けたまえ！」イェリャッツはうめいた。「ハイパーディム噴火で発生した構造歪曲は、接近しすぎると宇宙船にとってさえ危険だ。セランとそのグラヴォ・パックだけでは歪曲の時空間の異常に対してあまりに非力だろう。先史時代の帆船で大洋の嵐を乗りきろうとするのと同じようなもの」

「多くの知性体がそれを成し遂げてきて」アトランがいう。「大多数は生き残っている。このわたしもそうだ。行動するのみ。だが、チ＝シェルの仲間が新しく造られた施設を調査して戻ってくるまで待とう。カンタロがなぜ遺伝子ごみの生命を保持しているのか、なにか判明したかもしれない」

「そのためにアショルブレトとネムスブレトがいます」チ＝シェル、本名チシェルブレトがいう。「しかし、この任務でそもそも生き残ったとしても、帰還がいつになるのかわかりません。かれらにとってのリスクは千分の一として計算されています」

「そうすると、それでもかれらがスタートしたというのに感嘆する」アルコン人はトロトの目を見すえた。「かれらがその危険を受け入れたのなら、そのもっともないらだちもおさえられるだろう、トロトス、どうだ？」

「わたしを説得する方法をあなたほど知る者はいません、アトラノス」ハルト人は答えた。「待ちましょう」

*

待ったまま二日が経過した。

初日には半日ほど、アトランはこの機会を利用してセランを使わずに活動し、保存食糧ではなく調理したての料理を食べられたことで心がほぐれた。

シェボパル人は料理の名手だった。かれが客人のために用意した最初の温かい食事は、炭火であぶった野菜の串料理だった。シェボパル人は肉やそのほかの動物性食品を食べないため、野菜料理しか出ない。トロトとアトランは気にしなかったが、ブルー族は、アンモニアカブトムシ焼き、カタツムリの粘性ソースのウッガズ・イモムシのシチュー、環形動物の砂糖漬けといった食事に不平をもらした。

しかし、この半日が過ぎると、アルコン人はまたセランを着用した。二・六Gの環境で動くと筋肉痛と疲労が起きたからだ。トロトとイェリャッツはもちろん重力が高くても気にならなかったが、チ＝シェルもこの環境に苦しみ、一日の三分の二はセランを着用して過ごした。

二日めのなかば、基地のシントロン制御の傍受システムがカンタロの宇宙船のハイパーカム通信をとらえた。もちろん暗号化されていたが、解読用の特殊シントロンは一時間半で平文に変換した。

それによると、カンタロの船はアンダローから約三十光年のところで位置確認航行をしていて、〝シェトロン計画段階〟で使用するビオントを乗せるためにさらに航行するようだった。

この〝シェトロン〟がなにを意味するのか、特殊シントロンは判明させられなかった。それはつまり無作為に選ばれたためだと考えられた。

「ともかく、カンタロができそこないのクローンを生かしているのは、計画の実行のために利用したいからだということはわかりました」イェリャツが熱心にいった。

「だが、その計画の正体は、われわれには暗中模索の状態だ」アトランが口をはさむ。

これ以上つけ加えられることはなかった。これもアンダローを訪れた三名が、アショルブレトとネムスブレトが基地に戻ったことを喜んだもうひとつの理由になった。

しかし、二名のヴィッダーの工作員は疲労困憊《こんぱい》していて、トロトたちは我慢を強いられることになった。二名はすぐに眠り、体力を回復するための注射をうたれた。約三時間後、かれらは完全に休息をとり、神経も回復したさわやかな状態で目を覚ました。

かれらはカンタロのロボット部隊が造った施設に何度も侵入を試みたが失敗したと報

告した。出入口は監視されていなかったようだが、文字どおり死を招く巧妙な罠がしかけられていた。シェポパル人たちは、出入口をなかば以上は進めず、つねに精神的に混乱して退却することになった。本来の出入口にはまったく到達できていなかったのだろう。

「はじめは、この施設全体が罠だと思っていました」ネムスブレトが説明した。

「だれにとっての？」アトランが確認する。

「それはわれわれも疑問に感じました」工作員がいった。「もしヴィッダーをこのような方法で捕らえようとするなら、出入口はかならず警備されるはず。この事実から、カンタロは、アンダローにヴィッダーの工作員がいることにまったく気づいていないというのがわかります」

「ですが、その後われわれは、この惑星のどこかに集められたと推測される、生物学的にモンスターと考えられる者たちがグライダーで運ばれるのを見ました……さらに宇宙船が施設の近くに着地し、何千ものミュータントがロボットによって貨物室から運ばれるのも確認しました」アショルブレトが続ける。

「けれども両グループとも、われわれの理性が崩壊しそうになった出入口に送られたのです！」ネムスブレトが言葉を押し出すようにいう。「われわれはすでに、かれらがそこにかくされた罠で命を奪われているのではないかと危惧していました。しかし、施設内部からの通信で確認したところによると、かなりの割合の者がそこを通過し、使用可能ということになっています」

「〝かなりの〟割合とは？」トロトが口をはさむ。

ネムスブレトは神経質そうに〝ヤギ髭〟を引っ張った。

見当もつきません」かれは突然甲高くいった。「少しして、わたしは相棒とまた出入口のひとつに侵入しました。血痕や皮膚、鱗、毛が見つかりましたが、それだけです。ビオントが死んだという証《あか》しはありませんでした。ひょっとすると数名が負傷したかもしれません」

「そう望むことができるだけだ。われわれのそばを追われていったミュータントの集団の光景は哀れで、われわれの心に重くのしかかるものでした」アショルブレトはそういうと身震いした。

「その施設の広さは？」アトランは間をおいて二名の工作員が少し落ち着くときいた。

「キャッチしたロボットの制御信号によると、惑星の地下施設は二万七千立方キロメートルの規模です」とアショルブレト。「待避壕だけで五千から九千立方キロメートルと推定されます。ただし内部の遮蔽物が多く、数値はあまり信頼できません」

「それはたいした問題ではない」イホ・トロトはいった。「いまの報告で、カンタロが遺伝子操作のかなりの割合の欠陥品を集め、近いうちに慎重に練った策略に投入すると、充分、結論が引きだせる」

「しかもアンダローで」と、イェリャッツがつけ加えた。

「なんだって？」ハルト人がいう。

「アンダローにかれらは集められているのだ」ブルー族が説明した。

「わたしはそうはいっていない」トロトは反論する。「ただ、カンタロが自分たちの目的のために悪用しようとして遺伝子ごみを集めているということは確かだろう。これはアンダローで起きているだけでなく、あちこちのスラム世界で同時に起きているのかもしれない。ヴィッダーは銀河系のさまざまな宙域からさらに多くの情報を集めて、問題を追及する必要があるな」

「カンタロがどんな策略を練っているかについてもだ」アトランは陰鬱そうにつけ加えた。「実際、また悪魔的な行為かもしれない」

口の端につかのま、笑みが浮かび、三名のシェボパル人に向かってかれはいった。

「きみたちの種族の活動の話ではないからな」

シェボパル人たちはヤギのような声で笑ったが、危険で不確かな状況を前にすぐにまたまじめな顔つきになった。

トロト、アトラン、イェリャッツはもてなしと情報に感謝し、搭載艇へと戻ると、《ハルタ》に飛んで、あらためてハルタ星系へ向かうためスタートした。

5　死の世界

「警報！」タラヴァトスが大声をあげた……その叫び声は、仮死状態の耳の聞こえない者も起こすようなものだった。《ハルタ》のコンピュータは声だけでなく、主人の声のエネルギーも使っていたからだ。

イホ・トロト、アトラン、イェリャツは、数分前に搭載艇に乗ってアンダローへの〝遠足〟から戻ったばかりで、いつでも出動できるように搭載艇のシステムをチェックして、球型艇の転送機に入り、時間をむだにすることなく、司令室に移動できるようにしていた。ほかのかつてのネット船とは異なり、《ハルタ》には主転送機があって船の各セクションに接続口があるため、ほとんど時間をむだにすることなく、いつでもセクション間を移動できた。

しかし、転送機は機能していなかった。すべての制御装置が暗い。バッテリー駆動の非常用照明につながる平たいシールドだけがほの明るく光っていて、探知される恐れがある船の機器がすべて作動していないことがわかる。

いやおうなく三名の宙航士たちは徒歩でエンジン・システムのメンテナンス・コントロール・プラットフォームがある下甲板を通って、中央司令室まで急がなくてはならなかった。

「われわれ、死んだふりをしています」タラヴァトスがささやいた……その声は人類の聴覚で確認できるぎりぎりの範囲だった。「二隻のカンタロのこぶ型艦が、数光秒の距離のところの恒星コロナの内部に転移してきました。かれらの探知システムは最大出力で作動しています。どうやらジャンプに失敗したようです。銀河中枢の構造歪曲を考えると、不思議ではありません」

「では、われわれ、発見されてしまう！」イェリャッツは愕然とした。「ハイパー走査機がフル稼働しているのなら……」

「七光秒上空に、燃えつきた船の瓦礫《がれき》のプロジェクションを作成しました」船載コンピュータが口をはさんだ。「おまけに遠方に、きわめて危険そうなふたつの恒星の紅炎の幻影も作成ずみです。これらを探知した者は、ハンクールの大気圏には死が待ちかまえていると考え、すばやく逃げだすでしょう」

「よろしい！」アトランが認めた。

イホ・トロトは哄笑したが、アルコン人に気を遣ってすぐに冷静になり、いった。

「もしわたしが深淵の騎士だったら、いますぐあなたをわたしのオービターの地位に引き上げるだろう、タラヴァトス。コンピュータがこれほど自らの意志で行動できるとは思いもしなかった」

「わたしはなみのコンピュータではありません」タラヴァトスは傷ついたようにいった。「わたしは意識と、何十億もの未使用のハイパーエネルギー構造フィールドを持つコンピュータであり、そのため無限に学習できるのです。そこが有機的な知性体とはかぎりなくちがうのです」

「それはちがう」トロトは異議を唱えた。

「なにがちがうのですか、ご主人さま?」船載コンピュータは偽善的な口調でたずねる。

「きみには何十億もの未使用のハイパーエネルギー構造フィールドがあるわけではない」ハルト人が説明する。「せいぜい数百万だ。この船を引き継いだとき、精確にチェックした」

「そのあと、大きな水の流れが山をくだったのです」タラヴァトスはそっけなくいった。「わたしはこの船のすべてのセクションを制御しているので、潜在的な性能をしだいに高めるように努めました……しかもあらたな構造フィールドプロジェクターを構築して統合することによってです。もちろん、その結果、不活性フィールドの拡大も必要でした。ですが、だれの妨げにもなりませんでした。なにしろ、だれも気づかなかったのですから」

「いつもいっているのだが、きみは本当に、これまで出会ったなかでもっとも狡猾《こうかつ》で陰険なハイテク製品だな」イホ・トロトは声をとどろかせつつ、同時におもしろがるようにいった。

「万能ということですね」タラヴァトスは自画自讃した。「ところで、二隻のこぶ型艦は恒星の紅炎をかなりあわてて離れていきます……あいだにシリンダー船を擁しています」と、〝ひと息に〟つけ加える。

「おそらく、シェトロン計画段階のための遺伝子ごみのあらたな積み荷だろう」アトランが憂鬱そうにいう。

「その〝シェトロン計画段階〟について少し教えていただけませんか、アトラノス」船載コンピュータが頼んだ。

アルコン人は手短かにアンダローで発見したこと……さらにチ＝シェルが、銀河中枢からはるか外側に広がっていて惑星ハルトの近くにも迫る構造歪曲について語ったことも話した。

「カンタロはアンダローで遺伝子ごみを集めています！」タラヴァトスはくりかえした……そのヴォコーダー音声は興奮しているように聞こえた。「なにか途方もないことが発生しているようです。おそらくドロイドがまた悪魔のような行為をたくらんでいるのでしょう。ハルト・ミッションをできるだけ早く終了して、ヘレイオスに飛んでロムルスにアンダローの状況を知らせるべきです」

「とにかく性急になってはいけない」アトランが口をはさんだ。「アダムスに状況を伝えるのは、われわれがハルト・ミッションを生きのびたときだ。つまり、このミッションを細部まで正確に計画しなければならないということだ」

「そのためには方法はひとつだけです」と船載コンピュータ。「構造歪曲を正確に測定する必要があります。まず、意図的に歪曲が引き起こされたハイパーディム噴火が中枢部から到達した場所まで飛び、その後、短い超光速飛行をくりかえしてハルタ星系に接近するのです。駐留するカンタロには探知されないところで、こちらはハルトまでの歪曲を計測できるところです」

「なぜそんなに仰々しいんだ」トロトは不機嫌にいった。「まず中枢部の前で散策する必要があるのか？」

「ほかの方法では、構造歪曲の端緒《たんしょ》を発見できないでしょう」タラヴァトスは説明した。「散策など問題ではありません。ちょうど今、中枢部はハイパーディム噴火の完全なシャワーを噴き出していて、時空間構造は、グラヴォ・パックをもたない歩行者が湖の薄氷の上を歩くのと同じ程度しか、信頼できませんから」

「おまえになにがわかるというんだ！」ハルト人はいった。「そろそろスタートしてくれ！　飛べ！」

こんどは船載コンピュータも異議を唱えずにしたがった。比較的短いハイパー飛行を三回終えて、《ハルタ》は中枢のすぐわきまで接近し、ハルタ星系の周囲を大きく弧を描いて、駐留するカンタロの探知範囲に入らないようにした。

*

最後の飛行を終えて通常空間に戻ったとき、三名の偵察員の眼前にはふたたび直径約五十光年のはげしく輝く球の一部があった。この球の謎を究明しようと手はつくしたが、これまでまるで手がかりはない。

同じ瞬間、イホ・トロト、アトラン、イェリャツは、タラヴァトスが揺れる時空間構造を薄氷にたとえた意味を知った。

計器がおかしくなり、有機的な知性体にはもはやその表示を確認しても打つ手はなかった。視覚的には中枢のまぶしい光が中央司令室の透き通ったコクピットのルーフ越しに耐えられる範囲に遮光されて入っているが……次の瞬間、それが底知れぬ闇に代わった。

突然、西暦三五八七年の宇宙震を思わせる重力インパルスが《ハルタ》を襲った。三重のパラトロン・バリアに包まれていなければ船は瓦礫と化していただろう。エネルギー・バリアがはげしく明滅し、連続体構造亀裂のまさに花火のようなものを作り出して、重力インパルスをハイパー空間に逃がしたのだ。

この方法でうまくいったが、ハイパー空間の状態は、中枢のすぐそばで沸き立つお湯を冷ましているようなものだった。

そのため実際、この作戦の結果はもれなく跳ね返ってきて、時空間構造に突然の衝撃がはしったり、n次元の内破が起きて、そこに直径三十光分もの物質がない空間が一時的に生まれたりした。

それはブラックホールではなく、天体物理学では未解明のまったく異なる現象だった。しかし、内側への爆発でできた空洞の作用は、実際、ブラックホールと変わらない。この空洞に入りこんだ船は、おそらく永遠に消えたままだろう。

トロト、アトラン、イェリャツは、この自然の脅威の前になすすべがなかった。有機的な知性体は、同時発生する無数の危険な個所をすりぬけながら船を操縦できるほどすばやく反応することはできない。

船載コンピュータは超光速の内部プロセスによって驚異的なスピードで制御することが可能だ。きわめて短いハイパー空間飛行を次々と重ねてさまざまな有害な現象を回避し、はげしいハイパー空間の振動で《ハルタ》が引き裂かれたり未知の次元に投げ出されたりする手前で、緊急退却をして何度も通常空間に戻った。

しかし、最後に緊急退却したあと、タラヴァトスも失敗を犯し、《ハルタ》はn次元の渦に巻きこまれた。そのエネルギーにメタグラヴではあらがえず、中心に向かってとどまることなくらせん状の軌道を描いていく。その構造は近距離から見ると分子の密度の高い強力な鋼でできているかのようだ。

「衝突したとたん、われわれは一立方センチメートルの空間にはまるような縮退物質になるだろう」イホ・トロトは淡々といった。「そいつは、やっかいな展開だな、タラヴァトス？」

「そんなことにはなりません、トロトス」船載コンピュータは自身の主人の声で返事をした。「縮退物質は、まとまる前に数百万キロメートルにわたって散らばります。ただ、それまでに二十三時間はかかるでしょう。亜光速で航行しているので」

「その二十三時間のあいだに、そんな不名誉な結末を迎えないためには、どうする？」ハルト人がたずねた。

「その結末が不名誉なのかどうか、わたしには判断できません」とタラヴァトス。「われわれの任務に支障が生じるだけでしょう」

「われわれの任務を確実にこなすこともきみの任務のひとつだ」アトランは説明した。「気づいたのだが、ハイパー空間を抜けてここから脱出するために、渦の外にメタグラヴ・ヴォーテックスを作り出そうと何度かしていたようだな。だが、むだだったのだな。それが不可能であれば、どうして擬似ブラックホールをエネルギー流が渦巻く軸の方向に作らない？」

「そこになにがあるのか、われわれの探知では確認できないためです、アトラノス」船載コンピュータは答えた。「みなさんを破滅に追いやるような危険は冒せません」

「トロトスに許されたとしてもか？」アルコン人がからかう。

ハルト人は笑い、説明した。

「タラヴァトス、きみのコンピュータとしての罪を許しはしないが、わたしは明確に命じておく。起こりうるすべての危険を無視して、渦の軸に向かって超光速飛行するのだ」

「あなたは厳しいご主人ですね、トロトス」とコンピュータ。「残念ですが、その明確な命令は実行するしかありません。ただし、その結果に対しての責任は負いかねます」

「命令を受ける者の決まり文句だ」アトランは軽く皮肉をいった。「だが、むだ口をたたいていないで、したがうのだ！　命を落とすのは一度だけ。それが数分後なのか数千年後なのか、どんな意味があるだろうか！」

この言葉に愕然となったようなブルー族に、かれはなだめるような身ぶりをした。ただしそれは超光速飛行の先になにが待ちかまえているかわからないことを考えれば、空虚なしぐさだった。

しかし、タラヴァトスはようやく主人の命令にしたがうことを承諾した。メタグラヴは渦の軸の方向に人工的な重力中枢を作り、それをしだいに強化させていった。今回、メタグラヴ・ヴォーテックスはなんなく形成されたように見えた。

だが船がそこを突破しようとした瞬間、渦は消えた。

それでも《ハルタ》は高い次元に入った。しかし、自力で移ったのではなく、光速の何倍ものハイパーエネルギー衝撃波によって吹き飛ばされたのだった。

衝撃波が収まり、船が通常空間に戻ったとき、そこは中枢部から数光年も離れたところだった……約三光時間先に星がぼんやり赤く光っている。ハルタだった。

「渦の軸は昔の構造歪曲と同じで、なかではあらたなハイパーディム噴火が荒々しく生じていて、われわれは巻きこまれました」タラヴァトスが確認した。「ここで船を係留します……みなさんは歪曲の対探知に守られて残りの行程をグラヴォ・パックで越え、ハルトに着陸してください」

アトランは、とほうもない計画があっさり終わってしまったことに驚き、軽く後悔していた。

ただし構造歪曲のなかで惑星ハルトにかんたんに着陸できるなどという幻想は抱いていなかった。そこでなにが待ちかまえているのか、イホ・トロトはあえて考えることもしなかった。

＊

二十一時間後、三名の偵察員がうわぐすりをかけたかのような表面に着陸したとき、自分たちが探知されなかったことにだれも歓声をあげる者はいなかった。トロトの故郷世界がカンタロのいわゆる電光によって荒れ地と化したことに疑問の余地はなくなった。

ハルトは大気も菌もない死んだ球だった。かつての文明の名残も生命もなにもなかった。

「すべて死んでしまった」イホ・トロトは弱々しくいった。「わたし以外、ハルタ人はもはやいない」

アトランには立ちつくす巨人の心の動きがわかった。死んだ故郷世界をその目で確認したことは、かれにとってあまりに大きな衝撃だった。トロトはどうしようもなく、ハルト人に典型的な衝動洗濯をはじめた。通常であれば鬱積した憤懣《ふんまん》のはけ口として有効なのだが、今回の場合、暴力的な行動は強烈なエネルギーの放出をともなうため、宇宙にいるカンタロに探知されるおそれが高まり、とり返しのつかない結果を導くことになる。

この衝動洗濯を阻止する方法はただひとつ……アルコン人はその方法を実行するため、

とっさにやむをえない嘘をつくことにした。

「きみの種族は生きている、トロトス」かれは友の作業アームに触れた。「カンタロにも、およそ十万の、それぞれが一陸戦部隊の戦力をもつハルト人を全滅させることはできなかったのだ」

トロトはすくなくとも二分は黙っていたが、こういった。

「ありがとうございます、アトラノス。まさに真の友ですね。そうでなければ、あえて嘘をついてまで慰めようとはしないでしょう」

つかのま、アルコン人は落胆し、試みが失敗して、なにを話せばトロトの痛みをやわらげられるのかわからないことに空虚感を覚えた。しかし、そのとき、かれの付帯脳がかすかな探知インパルスに反応した。微弱で、計器も記録できなかったが、論理セクターが直観的かつ論理的に反応し、テレパスのささやきでアトランの意識に伝えた。

〈ハルトに生命がある……有機的生命体もロボットも！〉アトランはそのささやきを精神でとらえた。

憂鬱な気分があらたな確信へと変わった。

「友、トロトスよ、さっきのはたしかに嘘だった」かれは説明した。「ただし、この主張を証明するものはなにもないのだが、しかし、きみの種族が生きているという兆候がある。そうでなければ、なぜカンタロはハルタ宙域を封鎖領域とし、これほど厳重に警備しているのだ？　実際、ハルト人が帰還してくるのを恐れているのだ」

「どこに移住できたでしょう？」トロトはいった。

「おそらくテルツロック、大マゼラン星雲のビッグ・プラネットだ」アルコン人は答えた。「結局、かつての公会議の統治時代にもかれらはそこに退避していたのだ」

「今回はそこにはいません」トロトは苦しい思いを感じさせる沈んだ声で話した。「それはわかります。アムリングハルにいき、そこで罠におちいる前に、そこにいましたから」

かれはこらえつつ、うめいた。

「そこには長くはいられませんでした、アトラノス。テルツロック人の思考法はわたしのとはきわめてかけはなれていて、かれらとのコンタクトを断つしかありませんでした」

「ハルト人もどこかに移住できたかもしれない」アルコン人は説明した。「かれらは絶滅していない。カンタロがかれらの帰還を恐れているのは、きみの種族が生きていると いう充分な証しだ。探知を綿密に分析してみてくれ！」

「わたしも……」イェリャツが口を開いたが、アトランは手を振って黙らせた。トロトに自分で成し遂げてほしかったのだ。

「地下に空洞があるぞ！」数秒後、イホ・トロトは興奮して叫んだ。「ハイテク機器の放射線が地表に漏れ出ています。カンタロの施設かもしれない。ハルト艦隊の攻撃にこれで応戦しようとしているのだ」

「わたしもそれを考えました」イェリャッツがいった。「しかし、それだけではありません。ハルトには有機的な生命体もいます……カンタロではなくビオントです。かすかですが意識のなかで、五次元領域の典型的な放射を感じます。ひとつがとくに強い。プシオンの大きな力があるミュータントからのものです」

「では、かれらが助けてくれるといいのだが……なにしろ探知結果によれば、地表にいくつかの洞穴への出入口ができて、そこからロボットが上がってきている。きっと、われわれをはげましにくるわけではないだろう」アトランがいう。

「われわれを殺しにくるのだ！」トロトが立腹した。「だが、衝動洗濯をやりとげて、敵対してくるものをすべて打ち砕いてやる！」

アトランはかれをとめるため、懇願するように両手を上げた。

しかし、ハルト人は自ら落ち着きをとり戻し、とめどなくあふれる怒りをおさえて、大声でいった。

「なにもいわなくて、大丈夫です、アトラノス！　カンタロの戦闘ロボットがハルト人を滅ぼすことを目的に設計されていて、ハルト人と互角に戦える攻撃と防御の武器を使用できるのは、わたしもわかっています。個別に戦ったところで、あっさり片づけられてしまうでしょう。それでも、わたしはかれらにお灸《きゅう》をすえたいのです」かれはブルー族のクローンに合図した。「きみの同胞のところへ案内してくれ、イェリャッ！」「ついてきてください！」イェリャッは声をあげ、セランを使い、高速で北へ飛んだ。トロトとアトランはあとにつづいたが、数秒後には、スーツのピコシンに予測不能な回避飛行をするように指示することになった。カンタロの戦闘ロボットが遠方からエネルギー兵器で攻撃してきたのだ。同時に探知で、敵が東の地平線から接近していることが示された。

状況は危機的なものになった。敵のロボットが南の地平線にもあらわれ、砲撃してきた。三名の偵察員のピコシンがきわめて優秀な働きを見せ、距離がまだ離れているため、命中をまぬがれているだけだ。

そのためトロトとアトランが、そして直後にイェリャッが狭いながらも深い谷に降下していったときには、安堵の息をついた。深さ約千メートルのところで、左側の岩肌に垂直にはしる亀裂を通り抜け、自然に造られたかのような、大きく分岐する地下の迷宮の回廊をかれらは上下左右に飛んでいった……

6　ミュータント

「強力な中間子の放射が前方にあります」ピコシンがアトランの耳にささやく。「距離約三十メートル」

アルコン人は三つのヘルメットランプからのびる円錐状の光に目を向けたが、その光しか見えない。迷宮が、二酸化炭素のガスの靄《もや》のなか、浮遊する岩の粉塵《ふんじん》で充満していたためだ。

不審なものは発見できなかったが、それでも念のために速度を落とす。仲間も同じように反応した。ピコシンからやはり警告を受けたのだ。

幅約四メートル、高さ約八メートルの、ここまで飛んできた洞穴の地面にならんで着地した。

次の瞬間、アトランのピコシンが、中間子放射が強くなったと告げ……数秒後、約二十メートル前方で洞穴の天井から岩板が剝がれ落ちた。

その衝撃音にアルコン人は驚いた。岩板の厚さはせいぜい一センチメートル、長さが三メートル弱だったからだ。ハルトの重力の強さでは、迷宮全体を揺るがすようなはげしい衝突にはならない。

アトランとイホ・トロトは同時にコンビ銃を引き抜いた。ふたりはこの現象は自分たちを狙う未知の武器による攻撃だと考えていた。もしタイミングよく足をとめていなければ、岩板に直撃されていただろう。

「待って！」イェリャツは興奮して叫んだ。「撃たないで！　同胞です！」

「カインとアベルも兄弟だった」アルコン人は辛辣《しんらつ》にいった。

「六百シリーズのブルー族のクローンです」イェリャツはアトランの皮肉は無視してつづけた。「かれの感情に共感がわきあがりました。かれの感情の波動がわたしの意識の一部と共鳴しているかのようです」

「エンパシーか」アトランは確認した。「ほかになにがあるだろうか。オムニ＝ブルー＝六百シリーズのクローンはたがいに共感し、相乗的な関係にあるのは確かだ。イェリャツ、かれにエンパシーで、友とともにきたと伝えてくれ！　きみの同胞は、きみが未知者を二名、連れているから、きっと困惑している。だから敵対的な反応を見せているというわけだ」

「かれの兵器が原子の核エネルギーに影響を与えているにちがいありません」トロトがいう。「中間子放射の増加が、そのかなり確実な証しになっています。核エネルギーは核子のあいだの中間子の交換によって生まれるからで……簡易に表現しています」

イェリャッツは喜びの声をあげた。

この瞬間、迷宮はうすいブルーの光に包まれた。さらに前方では、塵《ちり》によって何度も屈折した光が明滅し、何者かの輪郭がぼんやり浮かび上がった。

ブルー族に似ているが、ただし、まずは〝皿頭〟が特徴的で、正面に、幅はすくなくとも十五センチメートルはある、ひとつしかない目が〝ふつう〟の高さにあって、騎士の甲冑《かっちゅう》の目の切りこみを思い出させる。

胴体はふくらんだ石炭袋のようで、頭の下に首はない。一対の円柱脚が、とてつもなく無骨な印象を完璧なものにしている。幅の広い肩からは左右にそれぞれ四本のつる植物のような触腕が伸びていて、異常に大きな足までたれさがっている。

しかし、その姿でもっとも驚くべき点は、大気が酸素呼吸者には有毒なのにもかかわらず、防護服も人工呼吸器も装着していないことだった。

すすり泣きながらイェリャッツはミュータントに駆け寄った。抱きしめようと、腕を大きく広げる。

しかし、一歩手前でためらい、立ちどまった。

〝同胞〟の触腕は広がって硬直し、このクローンをクモのように見せている。触腕の先端がイェリャッツの肩に慎重に触れると、また引っこみ、だらりとたれさがった。

イェリャッツは仲間のほうを向き、ヘルメット通信でいった。

「かれの名はニュグデュルです。核エネルギーを増幅する能力があります。実用的には、パラ重力の作用があります」かれはためらった。「残念ながら、わたしの学問的な知識では正確な説明はできません。ですが、天井の一部が直径一キロメートルの巨大なテルコニット球かのように洞穴の地面にはげしく落下したとき、ある一定の質量の圧縮と重力の限定的な増大がなんらかの形で関係していたのです。ひょっとすると……」

「そうだ」ブルー族が話をつづける前にイホ・トロトが口を出した。「どうやらニュグデュルは自身のプシオン・エネルギーで、ある一定の質量の原子を崩壊させられるようだ。つまり、一種のパラ重力によってきわめてはげしい収縮を引き起こし、原子やプラズマを押しつぶし、原子の核と電子がたがいにほとんど触れ合うような縮退物質を作り出すのだ。これは白色矮星《わいせい》の形成からわかることで、こうした星の場合、最終的には一立方メートルの重さが二百八十七トンにもなりうる」

「しかし、そのさいには膨大なエネルギーが放出されるはず」アトランが反論する。

「本物の重力のプロセスだったら、そうです」ハルト人が説明する。「パラ重力のプロセスはまったく異なります」

「そうか、わかったぞ」アルコン人が意味ありげに周囲を見まわした。「ニュグデュルはこの迷宮全体をそうして作ったのか、イェリャッツ？」

「そうです」とブルー族。「ですが、ニュグデュルは警告しています。ロボットが迷宮に侵入してきています。さらにいちばん強力なエネルギー兵器を装備しています」

「きみの同胞はロボットたちを撃退できるだろうか？」

「ニュグデュルの話では、ロボットの標的はかれではなく、われわれだということです。ハルトには多くのミュータントがいて、何世紀も前から、追放者として銀河の多くの世界から追われてここに漂着したのです。厳しい状況下で生きてきましたが、カンタロのロボットに気づかれることはなく、無関係でいられたのです」

「これは明確な証拠とまではいかないが、きみの種族がまだ生存していることのさらなる証しだ、トロトス！」アトランは歓喜の声をあげた。「カンタロのハルトの戦闘基地は漂着した者たちを気にしていなかったが、一ハルト人が姿を見せたとたん、大規模に敵対的な反応を見せるのであれば、それはカンタロがハルト人の帰還を完全に予測していて、激戦に備えているということ以外のなにものでもない」

イホ・トロトは木星の嵐の雷鳴のような音を立て、なかば勝ち誇ったような、なかば不機嫌そうな声でいった。

「その言葉に慰められました、友、アトラノス。わが同胞がどこかでまだ生きていると確信させてもらえました。発見できるまで落ち着けません。しかし、今ここで、控えめな衝動洗濯と、ニュグデュルの力を借りて、カンタロにお灸をすえてやろうと決めました。わたしの種族に宣戦布告したのは、やりすぎだったと知らしめたいのです」

かれは足を踏みしめながらパラ核エネルギー増幅能力を持つブルー族のクローンに向かっていき、イエリャツの隣りで立ちどまると、ミュータントに手を差し出した。

「対カンタロ・ロボットということで同盟を組もうではないか？」

「あなたはイエリャツの友だから、あなたとあなたの仲間を助けよう」ニュグデュルは答えた……今回はイエリャツ経由ではなく、偵察員のヘルメット通信を通じて直接的に話しかけてくる。「どういう予定を考えているのだ、トロトス？」

「トロトスだって？」ハルト人は驚き、笑った。「よし、ニュグデュロス！　地下からカンタロの戦闘基地に侵入し、そこを瓦礫の山にするのを手伝ってほしい。だが重要なのは、情報収集のため、ロボットの頭脳や基地のコンピュータを無傷で獲得することだ。うまくいけば、わたしの仲間がどこに向かったかわかるかもしれない」

「わかりました」ミュータントは答えた。

「だが、自身の安全を確保するのを忘れないように！」アトランは警告した。「さっき自分でいったように、ロボットたちはきみやほかの漂着者たちを追っていなかったが、きみがカンタロの敵と手を組んだと気づいたら、それが変わるかもしれない」

「わたしにはどうでもいいことです！」ニュグデュルははげしい口調でいった。「わたしはカンタロとその道具を憎んでいます。かれらは通常の知性体の遺伝子をビオントのモンスターに変えて家畜のように扱い、あるいは無視していて、それは道徳や倫理におそろしく反しています。かれらとのあいだに平和が訪れることは決してないでしょう」

「同感だ、兄弟!」イェリャッツは衝動的にいった。

＊

アトランがパラ重力ミュータントと名づけたかれが能力を駆使して迷宮の三分の一を崩し、かれらはロボットたちの追跡を逃れた。

ロボットたちは縮退物質に押しつぶされた……半径四百キロメートル以内ではまだ、宇宙服の探知機が地殻震動をとらえていた。それによりうわぐすりをかけたような地表が歪み、惑星の地下深くから高温のガスが噴出した。

ニュグデュルはその力で、北に約七百キロメートルに及ぶ洞穴を作った。かれは探知機では定義できない、つねにかれを包み、その輪郭をゆがませるエネルギー・フィールドのなかで洞穴を浮遊し……三名の偵察員もあとにつづいた。

洞穴の突き当たりから、さらに迷宮への入口が開けた。トロト、アトラン、イェリャッツは、さまざまなシュプールから、知性体が住んでいることを確認した。原始的だが発達した多様な道具が転がっている。使用者は襲われて逃げだしたかのようだ。

「ここは漂着者たちの避難場所です」ニュグデュルは説明した。「みなさんを恐れることはないと、かれらに話します」

かれは迷宮の奥に潜っていった。数分後に戻ってきたときには、七名のビオントを連れていた。

そのなかにブルー族のクローンはいなかった。全員、姿が異なっている。ヒューマノイドに似た侏儒《しゅじゅ》、怪物のような昆虫生命体、自然発生した生物には似たもののいない遺伝子障害者たち。呼吸器を備えた、何度も改良された防護服を着用している。しかし、装備はおそろしく原始的で、偵察員たちには、このような状況で知性体が生きのびられるのは奇跡のように思えた。

「かれらはいわゆる最低生活条件のもと、どうにか生きています」パラ重力ミュータントは説明した。「それでも、逃げてきた世界にいるよりも恵まれているのです。向こうでは追放され、狩られるだけですから。一方ここでは、同胞とともに安全に、これまでの銀河の知性体の歴史上、おそらく例のないほどの一体感に守られて暮らしています。そのため肉体的な苦労が補われるのです」

イホ・トロトは数秒間体をこわばらせたが、揺れながら岩肌にもたれた。

「衝撃を受けた」かれは落ち着くと、淡々と認めた。「しかし、同時に、この目の前でくり広げられる奇跡に体験したことのない喜びを感じる」

「われわれは全員、幸福です」あちこちから一度に聞こえるような旋律的な声がした。

イェリャツは仲間の探るような視線に気づき、自分たちとすべてのビオントとのあいだには、共感的な関係がないことをふたたび思い出した。かれは金色のキチン質の鎧をまとった身長二メートルのカマキリをかすかに思わせる生物を指ししめした。

「パントールが話しました」

そのビオントはふたつの大きな複眼をトロトに向けて、いった。

「知っておいてください、ハルト人、われわれキータは、カンタロによって遺伝子工学で傷つけられましたが、変態して進化する力を保っています。卵、幼生、そしてわたしのような非食者。卵の段階のキータには特殊なプシオン能力があります。幼生が孵化する少し前に、短い期間のあとに忘れられる時空間の情報を収集します。最後の変態である非食者になったときにはじめて、あらためてそれを意識します」

「わたしがハルト人だと知っているということは、以前にほかのハルト人に会っているということだな！」イホ・トロトは興奮した。「かれらはどこだ？」

「世界のどこでもないのです」パントールが応える。「ただ、ハルト人についての描写が伝わっているだけです……さらにわたしには理解できない概念をふくむ伝説も」

「理解できないものとは？」アトランが口をはさんだ。

「パルジファルと聖杯ドームという言葉です」ゴールデンがいう。「この世界にはパルジファルの聖杯ドームと呼ばれる場所がある。そこにははるか昔、ハルト人が重要な遺物を残したそうです」

「パルジファルの聖杯ドーム！」トロトは考えこみ、くりかえした。「古代のテラの文学はいくらか知っている。パルジファル叙事詩というものがあり、聖なる石が聖杯として語られ、ある城で聖杯騎士団によって守られている。ドームではなく、城ですが！」

「クレティアン・ド・トロワのペルスヴァルまたは聖杯の物語か」アトランは熟考し、ほほえんでハルト人の友を見つめた。「のちにヴォルフラム・フォン・エッシェンバッハによって自由に展開されたパルツィヴァールもあるな。聖杯にあたるものは、テラの中世の伝説では、もともとアリマタヤのヨセフがキリストの血を受けた聖体拝領の器だった。こうして意味は変わっていく、トロトス。わたしにとって重要なのはただひとつ、パルジファルの聖杯ドームという言葉を作ったハルト人は、テラの古典文学に精通していたはず、ということだ」

「そうですね」しばらくして、イホ・トロトがいった。「そしてもし聖杯ドームとその者がいったとき、城について明確に話していたのではなく、洞穴を指していたのですね。案内してくれるか、パントール？」

「かしこまりました」ゴールデンは確約した。「ただ、いまはいくらか辛抱していただかないといけません。肉体的にも精神的にも緊張してわたしは弱っています……非食者段階のキータとして、わたしは食糧摂取によってあらたなエネルギーを得るということはできません。自身のからだの物質を変容させるしかないのです。その過程は残念ながら、遅々としたものになります」

「必要であれば、わたしの最期の日まで待つ」トロトは断言した。

＊

しばらくはロボットたちが精力的に活動しているのがあちこちで探知され、はげしさを絶えず増していたが、三名の偵察員には接近してこようとしなかった。

強制的に休憩をとらされているあいだ、トロト、アトラン、イェリャツは、ハルトの地下に住む遺伝子障害者たちの生活について多くのことを学んだ。

かれらのなかで一匹狼としてあちこち歩きまわっているのは、ごく一部の者だけだった。なぜなら一匹狼は荒れた惑星の環境では長生きできないからだ。

ほとんどのビオントは共同体を形成し、ニュグデュルが偵察隊を案内したのと同じような司令部を作っていた。

これらの司令部では、比較的原始的な方法で岩石を採掘し、自分たちで開発した方法で加工して酸素や食糧を合成するための基礎材料にしていた。二酸化炭素を含む古い採掘坑ではキノコを栽培し、深い井戸から必要な水をすくい、ビオントが鍛冶屋と呼ぶ工場で防護服や生命維持装置や道具を製造し、修理した。

キータはこれらの司令部で特別な役割を果たしていて、パントールはその最終発展段階の女性の個体だった。かれらの卵段階は貴重な情報を収集する。ただし、それは非食者段階のゴールデンだけが伝えられるものだった。

第二発展段階の幼生は、肉体的に強靭《きょうじん》で機敏な生物で、俊敏な反射神経にナイフのように鋭い爪、恐ろしい牙《きば》を持っている。かれらは貪欲で……好き放題にさせておいたら、惑星ハルトのほかの遺伝子障害者たちはとっくに絶滅していただろう。

そのため、この殺害獣の段階に入るとすぐに、プシオン能力があるミュータントの力を使い、各共同体のキータによって鎖につながれ、驚異的な力を使うのを許されるのは鉱山で労働するときだけとなるのだった。鎖があるにもかかわらず、つねに一部の者は脱走に成功するため、厳重な監視が必要だった。かれらはその後、無防備なビオントを襲う。血の味を知ったら、すぐに殺さなければならない。そのうちたいていは、一個体だけが残って非食者の段階に移行する。

トロト、アトラン、イェリャツはそれを知って深いショックを覚えた。しかし、ある意味では、ハルトのビオントたちが、通常の基準からすればみじめな境遇で生き続けているだけという状況にもかかわらず、幸福を感じているということは、かれらが受けた精神的ショックに対する慰めでもあった。

パントールが聖杯ドームへ案内する準備が整ったといったとき、かれらは幸福感に包まれたように期待をふくらませてついていった。聖杯ドームが、とくに故郷銀河をカンタロと思われる犯罪者のような者たちから解放するのに貴重な力を発揮すると信じていたからだ。

トロトとイェリャッツはキータをあいだにはさんでしっかり抱え、パントールによって共感的に指示を受けるパラ重力ミュータントのあとを、グラヴォ・パックを使って追った。アトランはしんがりを務めた。

約十七時間、一行は生命のない洞穴や住民のいる迷宮を通り抜け、二酸化炭素の大気、メタンの蒸気、低地にある火山の釜の熱い息吹《いぶき》のなかを旅した。セランのシステムが、ハルト人を探すために地下に侵入したカンタロのロボット部隊を探知して、一行は何度も進路を離れることになった。さらに、偵察隊は自分たちが探知されるのを避けなくてはいけないので、戦闘基地に接近しすぎることもできない。

とうとうキータが目的地に到着したと告げると、偵察員たちは驚いてあたりを見まわした。そこは予想していたような岩のドームではなく、これまでの迷宮よりもさらに入り組んだ、ビオントも住んでいないような迷宮のまんなかだった。

「ここが聖杯ドームなのか」トロトは不審そうにたずねた。

「伝えられている情報ではそうです」パントールは説明した。「これ以上はわかりません。つまり、わたしにわかるのは、多くのビオントがハルト人の遺産を求めてこの場所を探しましたが、そうしたものはなにも見つからなかったということだけです」

「では、どうやって聖なる石を発見すればいいんだ？」ハルト人は不機嫌そうにうなる。

「ひょっとすると、向こうがきみを見つけるかもしれない」アトランは強く主張した。

「だが、本当は〝石〟を探すつもりではないのだろう、トロトス！　ほかのハルト人がここに遺産をおいたのなら、おそらくメモ・キューブか、似たような情報メモリのなかにあるはず」

「わたしもそれを考えました」トロトは答えた。「しかし、メモ・キューブは小さいから、探すのに百年かかるかもしれない」かれは怒ったように笑うと、大声でいった。

「はじめましょう、友よ！」

何時間も偵察員と二名のビオントは迷宮のなかをさまよい歩いたが、情報メモリらしきものは発見できなかった。あきらめようとしたとき、トロトの探知器がかすかな信号インパルスをとらえた。その発信源を確認して……まもなく硬貨ほどの大きさの薄い円盤を手にした。メモ・キューブのセグメントだった。

詳細な調査の結果、このセグメントはハルト人にしか発見できないものだと判明した。それはなにも発しておらず、ハルト人が接近すると、その計画脳細胞核の放射線を感知し、インパルス・キイを起動させるのだ。

それがわかると、すべてが迅速に進んだ。這いまわって目や指で一センチメートル四方のメモ・キューブを探す代わりに、ハルト人は迷宮のすべての通路をひたすら走り、信号インパルスをとらえたときだけ立ちどまっていった。

優に一時間がたったとき、かれはすべてのセグメントを集め、本来のメモ・キューブを組み立てた。しかし、保存されていたメッセージを確認しようとして、かれはがっかりした。何百年ものあいだ放置されていたセグメントは、もはや情報を完全にまとめられず、読みとれなくなっていたのだ。惑星の深部を流れる熱流からの強い腐食性の蒸気で表面が傷ついたのだろう。

しかし、トロトの計画脳とアトランのセランのピコシンにより、多くの隙間が根気よく埋められ、情報の意味が半分ほど明確になった。

それによると、NGZ四九三年、一名のハルト人があらゆる難関を越えて、カンタロの基地に気づかれることなく、滅びた故郷世界に着陸することに成功した。長期間の捜索の末、ハルト人の種族が移住したことをキータから聞き知り、かれ自身もビッグ・プラネットに避難することを決めたのだ。

「かれらは生きている！」トロトはこの情報から、自身にとってもっとも重要なことを認識して叫んだ。「わたしの種族は生きている！」

「おそらくテルツロックで」とアトラン。

「わたしにはそう思えません」ハルト人は答えた。「わたしの種族は別の目的を追求しているのです。情報が保存されていないのは残念です」

「しかし、生きている……そこが重要なのだ、友、トロトスよ」アルコン人がいう。

「情報を残したハルト人は、おそらくまだテルツロックで生きている」イェリャツが口をはさむ。「その者はおそらく、あんたの種族が流れ着いた地を知っている、トロト」

イホ・トロトはブルー族の無礼をあえて聞き流し、考えながらいった。

「きみたち、アトラノスとイェリャツをヘレイオスに連れていったら、すぐに大マゼラン星雲に飛ぶことにします……テルツロックでわが種族のシュプールを探し、種族とふたたび出会えるまで追いかけます。かならずだ！　この世界を去りましょう、友、アトラノス！」

「それほどかんたんではないかもしれない」アルコン人ははやるトロトの気持ちをなだめるようにいった。「カンタロの戦闘基地は、ハルト人がこの世界に上陸したことを知って厳戒態勢を敷いている。無数のロボットを使い、スタートを察知して、阻止しようとするだろう」

「そのとおりですね、アトラノス」トロトはうらめしそうに認めた。「ですが、それで引きさがるわけにはいきません。一度、かれらの戦闘基地のひとつに侵入できれば、そこでサイクロンのように暴《あば》れまわってやります。そうすれば、気づかれずにここを離れられるかもしれません」

「そのためには思考力よりも運が必要だな」アトランの口調には皮肉がこもっている。

「なんといってもすでにアルヘナで、この試みは命がけだと判明した。だからメモ・キューブをまた解体して、セグメントをかくしておこう。われわれが死んでしまった場合でも、別のハルト人がきみの種族のシュプールを見つけるチャンスができるだろう」

「そうですね」トロトは冷静に認めた。「セグメントをあらためてばらまきましょう」

「守るのはおまかせください」パントールはきっぱりいった。「産卵のときがきました。聖杯ドームのなかに卵をすべて産むのには約半年かかります。その間、情報を守ります……そのあとは、卵の変性体が古代の遺産に関する情報を吸収し、次の段階を越えて、その次の世代の非食者に伝えます」

「産卵のあとはどうするのだ？」アトランはたずねた。

「静かに、わたしという存在を終了するのです」キータは返事をした。

それについてどう応えたらいいか、だれにもわからなかった。トロトがセグメントをかくしているあいだにパントールは最後の旅に出て……ハルト人の連れたちは待機した。

その後、ニュグデュルはハルトで最大の敵の戦闘基地まで案内すると申し出た……

＊

敷地の一辺の長さが一・五キロメートルある正方形で、高さが三百メートル弱の、戦闘基地の地下約一千メートルのところで偵察員たちは動きをとめた。

「気づかれないように行動していては、基地の外壁にさえ到達できない」時間のかかるパッシヴ探知を終えたあと、アトランは結論を述べた。「壁はまさに高感度センサーだらけで、スーツ・システムを作動させていない状態で二百メートルの距離があっても検知されてしまう」

「では、基地の司令部の注意をそらす必要がありますね」ハルト人はいった。「それはわたしが引き受けましょう。十キロメートル後方まで戻って、そこで地上に抜け出し、探知したロボットを攻撃します。基地が全戦力をそこに投入したら、すぐに攻撃してください、アトラノス、イェリャッツ。あなたたちはハルト人ではないから、わたしがそこにいなければ、敵だと認識されるのにも時間がかかるでしょう」

「その計画はうまくいかないでしょう」ニュグデュルは異議を唱えた。「戦闘基地の中枢頭脳は敵に侵入されたら、すぐに各基地を破壊するようにプログラムされているはずです。アトランとイェリャッツがそれを阻止するほどすばやく中枢頭脳にたどり着くのは無理でしょう」

「では、われわれ、死ぬしかないか」アトランが陰鬱そうにいった。

「その必要はありません」パラ重力ミュータントは反対した。「プシオン能力を使って戦闘基地全体を内破させれば、数秒で分子サイズの直径まで収縮し、そこで制御されているロボット部隊は機能しなくなります。それによって生じる地殻変動で、ハルトの半球で放射線があふれ、あなたがたは発見されることなくスタートできるでしょう」

「きみはどうするのだ?」トロトがいう。「宇宙服がないから、いっしょにこられない……パラトロン・バリアなら、きみも入れるが、対探知のなかに入るまでバリアは使用できない」

「わたしはここにとどまり、安全を確保します」ニュグデュルは答えた。

「では、わかった」ハルト人はいった。

アトランとブルー族のクローンに異論はなく、四名は迷路のような自然にできた混沌とした坑道を抜けて、戦闘基地の地表三百メートルのところまで進んだ。

ミュータントがプシオン能力を使うと、その作用は偵察員が予想していたよりも何倍も強力だった。

かれらの頭上には、惑星全体の半分がはじけたようで、その後、内破した戦闘基地のはるか上空に銀河中枢の恒星の塊りが探知された。

「進んでください……宇宙のすべての幸運を!」ニュグデュルはかれらに向かって声をかけた。

トロト、アトラン、イエリャツは、グラヴォ・エンジンの最大推力で、探知インパルスを受けることなく宇宙空間に垂直に飛びたった。高度約五百キロメートルのところで、ハルトの上で恒星のように明るく輝く核爆発の球を観測した。

しかし、次の瞬間、かれらは対探知を試みていたにもかかわらず、〝自分たちの〟構造歪曲に巻きこまれたため観測をつづけることができなくなった。それでもまだグラヴォ・パックで帰還コースを設定できたが、そのあと、変性した時空構造のなかで無力な球となり……いつしかかれらは意識を失っていた……

＊

ふたたび意識をとり戻したとき、かれらは《ハルタ》の中央司令室の成型シートに横たわっていた。この船は全エネルギーを使って、この宙域できわめて不安定なハイパー空間をどうにか通過していた。

「どうしてここにいるのだ？」ブルー族のクローンはぼんやりいった。

「ともかく自力でくるのは無理でしたね」タラヴァトスが嘲笑する。「あなたがたが集合地点に到着しないので、探しにいって、蛇行する時空断層でようやく釣り上げたのです。あなたたちは意識を失い、ひどいショックを受けたかのように硬直していました」

「だが、わたしはちがう！」トロトは抗議した。

「それは残念ながら、わかりませんでした、ご主人さま」船載コンピュータは意地悪くいった。「つまり、あなたはつねにショック状態ですから。ただ、どうして与圧ヘルメットを押し上げていたのか謎なのです」

「汗をかいていたんだ」ハルト人が淡々と答える。

しばらくみなが考えこんだが、アトランがいった。

「とにかく任務は成功した。いまは、きみの仲間がまだ生きていることがわかった、トロトス。しかし、ニュグデュルの助けがなければ、こうして得た知識もわれわれとともに死んでいただろう」

「かれは自らを犠牲にした」とイェリャツ。「この核爆発で、かれにチャンスはなかった。近くの基地から核弾頭を積んだロケット弾が、大きな戦闘基地が突然消えたところに発射されたのだろう」

「まぎれもない過剰反応だ」トロトはいった。「たった一名のハルト人のためにこれほどヒステリックな反応を見せるとは、カンタロはわが種族を疫病のように恐れているにちがいない」

かれはドーム状の頭を回転させ、アルコン人のほうを向いた。

「いっしょにテルツロックにいきませんか、友、アトラノス?」

「わたしはまずペリーに会って話をしなくては」アトランは物思いにふけっているような微笑を浮かべた。「その後、きみのシュプールを追えるかもしれない、トロトス……それがどこにつづいていようとも」

太陽系消失！

K・H・シェール

登場人物

ペリー・ローダン……………………銀河系船団最高指揮官
アトラン………………………………《カルミナ》指揮官。アルコン人
ロワ・ダントン………………………《モンテゴ・ベイ》指揮官。ローダンの息子
グッキー………………………………ネズミ＝ビーバー
アリ・ベン・マフル…………………《カルミナ》乗員。技術科学者
アアロン・シルヴァーマン…………同乗員。アリの相棒。技術科学者
メインティ・ハークロル……………同乗員。超空間記号論理学者
ホーマー・G・アダムス……………ヴィッダーのリーダー
オンドリ・ネットウォン……………同工作員。女戦士
ヤルト・フルゲン……………………同工作員。もと統計学者

1

真夜中の警備の当直、NGZ一一四四年九月九日、〇時〇六分五十一秒、《カルミナ》船内時間。

寝ぼけてハッチの高さを考えずに額を打ちつけた男が発したくぐもった声にも、それにつづいた悪態にも、メインティ・ハークロルは驚かなかった。

「折りたたみ式ボックスの構造上の欠陥だ、狭いブリキヒラメの横顔め」アリ・ベン・マフルは文句をいった。

「おはよう」メインティが話の腰を折った。「あなたの監視の当直時間は六分前にはじまっているわ。外ではちょうど恒星が地平線から顔を出したところ。ゆらめく朝靄《もや》が、やわらかな光に吸いこまれていく。開きはじめる花のつぼみの香りを楽しんで」

アリは黙りこんだ。その目を意地の悪い笑みを浮かべる女テラナーから、前方の全周スクリーンの中央モニターに向けた。そこには、この数カ月間見慣れている、星々のあいだの絶望的な荒れ地がうつしだされている。

アリは痛む額に手をやりながら言葉を探した。メインティの豊かな情景描写で、とっくに押しつぶされたと思われていた感情が呼び覚まされた。

「こんな形で故郷世界を思い出すのは、好ましいとはいえないな」かれは叱責した。

ブロンドの女は成型シートをもとの位置に戻してスイッチを入れた。モニターの列に画面いっぱいに星があらわれた。

「好ましくない？　太陽に関係するものでもだめなの？　〝わたしたち〟の太陽よ！」彼女は力強くつけ加えた。

アリは手の甲で目をぬぐった。

「あんたたちはどうかしてしまったのか？」かれはいう。「ジャンプして、どれだけ太陽系に接近できた？　ペリーにさんざんにこきおろされるぞ」

「いったい、あんたたちはどうなってる？」長身の若い男が文句をいった。システム制御装置の前にいて、メインティ・ハークロルの隣りにすわっている。「夜の監視の当直のチーフは一名だけだぞ」

アアロン・シルヴァーマンは頭も動かさずに女テラナーを指ししめした。かれは機嫌が悪そうで、そのせいで親友のアリ・ベン・マフルのほうはすぐに機嫌をなおした。

「疲れきっているようだな、じいさん」アリがいう。彫りの深い顔が曲がった鼻のせいで、さらに細く見える。「なにかジャンプのデータをとりちがえたのか？」

「あんたをスポーツ器具ととりちがえそうだよ。サンドバッグというやつだ」アアロン・シルヴァーマンが脅す。

「あるいは似たようなものか」アリがにやりとして、かれは足どり軽く制御装置に向かった。

ラコ・レジャーノは、かれらしい冷静沈着さで中肉中背のテラナーをじっくり見つめた。アリの心の動きが手にとるようにわかる。故郷の太陽を目にしたことで、かれのなかでもさまざまな感情が呼び起こされたはずだ。《カルミナ》の少人数の乗員のひとりひとりが、約七百年前、そこに親しい者たちを残していったのだ。

かつてのネット船の小さな司令室がふたたび静まりかえった。人類の古代のシンボルに、四対の目が注《そそ》がれる。有人宇宙航行がはじまるよりもはるか昔から、人類は生命を育《はぐく》む炎の球を崇拝してきた。

「美しいわね、わたしたちのソルは」メインティがささやく。「わたしの今の気持ちがわかる？　子供のころ、すでに感嘆の思いとともにあの星を見上げ、想像しようとして……」

彼女は言葉をとめて振り返った。ペリー・ローダンが姿をあらわしたのだ。暗いハッチを背に、そのからだの輪郭がぼんやり見える。

「いや、明るいライトはつけないで」太陽が月の地平線から昇るのをはじめて見た人類であるテラナーが頼んだ。「じゃまになるだけだろう」

大きなモニターにゆっくり向かっていく。かれが太陽の映像をよく見るのをためらっているようにメインティには感じられた。光源の輝きのなかに、ローダンの顔の造作が見える。

全周スクリーンの下に立つその姿は、いつもと変わらないものなのだろう。彼女は、かれの鼻の右下のところにある小さな傷跡が白っぽくなっているのに気づいた。内心は興奮しているしるしだ。

アアロン・シルヴァーマンはなにか求めるようなまなざしで彼女を見つめ、問いかけるように手を動かした。彼女はそれを拒否した。この状況で、通常の連絡のためにペリー・ローダンのじゃまをするのは適切ではない。

アアロンは成型シートにもたれ、しだいに重く感じられてきた静寂を無視しようとした。地球についての自分の記憶がペリー・ローダンほど深くないのはわかっている。

全員、タルカン宇宙から帰還するのが約七百年遅かった。ただ、否定できない事実をそれに結びつくすべての認識とともに、目ざめている意識から排除しようとするしかなかった。

クロノパルス壁の征服は、芽生えてきた希望を支える最初の一歩となり、抵抗組織ヴィッダーのレジスタンスとコンタクトできたのは、さらなる成功として記録できるものだった。

しかし、その後NGZ一一四四年六月はじめの三分の一が過ぎる前に、ペリー・ローダンだけではなくほかの者も本能的に予想していた深刻な挫折に直面する局面があった。封鎖された故郷銀河に無傷で突き進めるとは、だれも期待していなかった。

ブラックホールのような巨大な構造物を利用しようという試みは、すでに無謀だと判断された。それでも帰還したギャラクティカーにはその危険を冒すしか選択肢は残されていなかった。それはペリー・ローダンのような男が通常覚悟をしているような危険よりもはるかに大きなものだった。

ペルセウス・ブラックホールの宙域でカンタロに三隻の宇宙船を破壊されたのは、単なる敗北以上のダメージとなり、ローダンは自己批判して〝全滅的打撃〟と呼んだ。

使える船の数がすくなく、専門家、予備の部品、あらゆる種類の重要な物資が不足していることを考えると、《ブルージェイ》、《クレイジー・ホース》、《ソロン》の損失は深刻だとされた。

ホーマー・G・アダムスが自らの失敗談をならべてこの打撃をやわらげようとしても、

ローダンの耳は閉ざされていて届かなかった。

かれは実行の男だ。補給が充分な船団の三隻を失うのと、補給が最低限で、さらに非常に苦労しないと使えない船団の三隻を失うのとでは、大きな差がある。《シマロン》の砲台の損傷だけでも、帰還が遅すぎたギャラクティカーには憂慮すべき問題だった。

ドックにも、訓練された乗員のそろう艦隊にも頼れないのだ。かつては救援連絡をすれば、砲撃による損傷は迅速に修理された。宇宙ハンザの各基地から、特別にプログラムされたロボット部隊が《シマロン》に派遣され、不足している予備の部品も転送機や貨物便で届いただろう。損傷した機器もすぐに交換される。時間ばかりかかる修復作業に手をつける必要もないだろう。

こうした時代は過ぎ去った！

ローダンは《シマロン》を惑星シシュフォスに置いてこざるをえなかった。乗員はそこで船内にある道具で深刻な損傷を修復しようとしている。

その意味するところはローダンのような男には説明する必要はない。

補給物資の不足もまた、この問題をひと筋縄ではいかないものにしていた。《シマロン》には何千もの新品の予備の部品が搭載されていたが、いまもっとも緊急に必要な部品の予備はなかった。〝即興の産物〟という概念は悪夢となっていた。

いちばんの問題はローダンが、だれかに自身の細胞活性装置を探知され、つねに居場所が把握されているのではないかという疑念を抱いていることだった。

こうした疑いがあるため、〝ヴィッダー〟のかつての基地世界であるアルヘナから離れたところにとどまらざるをえなかった。状況がはっきりするまではそこから距離をとっておこうというかれの意思は、日を追うにつれて強固になっていった。

アトランはローダンに、《シマロン》の修理が完了するまでは《カルミナ》を自由に使うようにといい、ペリーもやむをえず同意した。

小型船の乗員はアトランの助言にしたがって選んだ。このとき、すでに《カルミナ》に慣れていて、その特殊性に対応できるという点だけに注意がはらわれた。

ペリー・ローダンがアルヘナを発つ前、アトランとイホ・トロトは《ハルタ》でハルト人の故郷世界の状況を探るために飛びたった。このとき《カルミナ》の船内には、まったく異なるこのギャラクティカー二名が、いまどのような状態にあるか知る者はいなかった。

こうした思考と疑念に突き動かされながら、ペリー・ローダンは制御コンソールの半円に囲まれるように立ち、大型モニターを見上げていた。

故郷星系の太陽は、何百年も前と変わらない輝きをはなっていた。この作用範囲内に戻るのは、長く困難な旅だった。《カルミナ》からはまだ数光月も距離があり、遠距離探知で確認できるだけだが、ソルの魅力はまったく失われていなかった。

沈黙を破ったのはローダンだった。自分の行動はこの距離ではだれにも探知されていないと感じていた。

「夜のストレンジャーか」かれは静かにいった。その笑みはぎこちなかった。「そういうタイトルの歌がかつてあった。こんな形で遭遇するとは思いもしなかった」

「ストレンジャー?」アリ・ベン・マフルはその言葉をくりかえした。「今はそう見えるかもしれませんが、わたしは同意できません」

「だれかに意見を聞かれたのか?」アアロン・シルヴァーマンは立腹した。「いま、警備の当直を引き継ぐか、引き継がないのか?」

かれは立ち上がり、無人になった成型シートを指ししめした。二名の技術科学者は意図的に小競《こぜ》り合いをはじめたのだろうか、とメインティは考えた。いずれにしてもこれで状況はなごみ、船上での日常生活が前面に押し出されることになった。

目をいたわる赤い照明が、突然、通常の明るさに切り替わった。同時に《カルミナ》のシントロニクス結合体から伝達が入った。

シントロニクス結合体の反応はときどき、人類の変わり種の感情の動きのようになることがあるが、今回は音を発しなかった。銀河系への帰還者たちが精神的に動揺していようが、コンピュータは少しも気にしない。人工音声さえも、《カルミナ》での無数の旅で何度もアトランが不快になった、心理学的に計算された吐息のような音をもらさなかった。

「ジャンプ調整により目標地点に到達。速度ゼロまで減速実行。船は静止。探知技術で設定された星までの距離はきっかり七光月。保存されたデータとの比較分析では正しく識別されません。おそらく太陽系、残る不確実さは七・三三パーセントです」

メインティははげしい勢いで振り返った。ブルーの瞳は大型モニターに吸いこまれそうだ。

アアロン・シルヴァーマンも本能的に行動した。アリ・ベン・マフルは脇に押しやられたような気がした。技術コンソールの前の空席になっていたシートが突然またふさがった。

「〝おそらく〟なのか？」ローダンの声がした。やわらかな響きが失われている。大股で三歩進んでローダンはメインティにならんだ。数秒後、この女超空間記号論理学者は、なぜこのテラナーが瞬間切り替えスイッチ内蔵人間と呼ばれるのか悟った。

アリ・ベン・マフルは急いで第二テクノ制御コンソールの席につき、制動アラームを作動させた。《カルミナ》のキャビンで警報音が鳴り響く。

ローダンの指示が全キャビンに伝えられた。非番の者たちは、警報が発動した事情を直接、知ることになった。

ハーム・フォールバックの赤い髪の房が、まずハッチのところに見えた。第二テクノ宙航士はレジャーノの隣りの席で、ローダンのメッセージの意味を確認した。

アンブッシュ・サトーが控えめに姿を見せた。色彩豊かな着物をまとっている。小さくお辞儀をして、だれも反応できないうちに司令室後方にある非常用シートに腰かけた。

セッジ・ミドメイズは最後によろめきながらキャビンに入った。《カルミナ》の首席医師についていま特筆すべきは、その大きく突き出した鼻だけで、自然と注目を集めるものだった。

「ここはきみの制御ステーションか？」ローダンは質問した。その視線にミドメイズは驚いて眉間《みけん》にしわをよせた。このテラナーがこんな表情をしているのを見るのははじめてだ。

「尋常でないものには尋常でない対処を必要とします」ミドメイズはあわてて弁明した。「制御ステーションというのが、チューブのような通廊の奥にある医療用の小部屋を指しているなら……」

メインティ・ハークロルが報告をして、ミドメイズがまるで脅すかのように延々と話しつづけるのがさえぎられた。シントロニクスによって不穏な情報が知らされた直後、彼女は別のデータ分析をはじめていた。その結果が制御モニターに表示される。

「太陽系です！」彼女は確認した。その口調は、この発言を全面的に信じられると思わせるものだった。「太陽系のデータが保存されている旧記憶装置へのアクセスで、シントロニクスが不安定になっているにちがいありません。データでは、太陽系の事例の前に超高周波の現象があるとは記録されていませんから」

ローダンはシートの肘かけを両手でつかみ、メインティの肩越しに前方を見やった。彼女のコンピュータは、既知の古いデータと現在の遠距離探知を比較していた。質問しようとすると、故郷である太陽の映像が変化した。

シントロニクスは通常の速度でメインティ・ハークロルの分析に適応し、適切な結論を導き出した。

ソルの映像が消えた。代わりに全周スクリーンの前にホログラムがあらわれた。黄色みがかった光をはなつ太陽の熱の球の前に淡いグリーンのラインがあらわれ、数秒後に楕円形になった。

それは楕円体に変化し、円形にふくらんでいくと、最後に幾何学的な楕円率の形で安定した。

シントロニクス結合体があらためて報告した。

「情報修正！　高エネルギー現象が旧データの分析に含まれます。これはソルです！」

メインティ・ハークロルはローダンの息吹《いぶき》が頬にかかるのを感じた。かれのやさしく語りかけるような指示が、彼女の状況把握と一致した。その結果、テラナーが話しだす前から、彼女の指はキイボードの上をすべっていた。

「よし！」ローダンは興奮した声をあげた。「音声による指示はしない。考えられるエラーの原因をつぶしていく。あれはなんだ？」

「天文学的にいえば、円形の物体がたいらになるということです。どう見ても不安定なようです」

「防御バリアか？　小型のクロノパルス壁のようなものだろうか？」

メインティはテラナーのほうを見やった。

「きっとちがいます。エネルギーの含有量を確認するべきでしょう。感覚的にですが、なにか転送機の開口部の一種だと思います。ここに第一の分析結果があります。そうです……放射線に囲まれた空間構造は、周囲のゾーンとはかなり異なっています。わたしは……」

メインティの話が、シントロニクスの報告によってふたたび中断された。シントロニクス結合体が提出したのは、最初の信頼できそうな結果だった。

「適合する現象が光速でソルから遠ざかっています。星系の境界を越えました。予測では約六光月半。修正します……きっかり百九十八光日です」

ペリーは背筋を伸ばし、手の甲で額をぬぐった。振り向くと、アンブッシュ・サトーが背後に立っていた。超現実学者の褐色の瞳から、心ここにあらずといったようすがうかがえる。サトーは物思いにふけっているようだ。

それでもかれは明るい声でローダンに話しかけた。

「こういった状況を、われわれは予想していましたよね？　どうしてすっかり驚いているような態度をとるのですか？」

「すっかり驚いているような……」アリ・ベン・マフルがまねをする。かれは神経質になっていた。

サトーは非難するように両腕を上げた。丸い頭は着物のえりのあいだにうもれそうだ。さらにシントロニクスの報告が入ったが、状況は緊迫したままだった。モニターには数値と結果が平文で表示される。そこから、このエネルギー現象は変動するように設計された転送機ではないことがわかった。

小型防御壁という仮説も否定された。結局のところ、この構造物は、かなりの自己放射線と不安定さが認められる超高周波渦だと判明した。

それはシントロニクスのまとめの言葉でも確認された。

「《カルミナ》のような防備をかためた固体の危険係数はゼロに等しいものです。光速のドリフトがつづいています。次の高次元への遷移のための充電モードは検出できていません。構造物はアインシュタイン空間に組みこまれています。放射減少によるエネルギーの消失は一定していて、標準時間四カ月以内で完全に終了します。未知のものによってこれから充電される可能性も仮説として考慮されるべきでしょう」

これ以上はシントロニクスも結果をはじき出せなかった。このときアンブッシュ・サトーがあらためて発言の許可を求めた。

経験を重ねて賢明になり、サトーはあまり凝《こ》った表現をしないように努めた。アリに咎《とが》めるような視線を送ると、テラナーは返答として大きくにやりとした笑顔を見せた。

「申しわけない、蝶よ」かれはつけ加えた。「きみの色鮮やかなナイトドレスのせいで混乱してしまったよ」

「海賊づらは、次の時間ジャンプのときには成長すると約束してくれたんだが」アアロン・シルヴァーマンは友に謝った。

ローダンが二名の船内エンジニアに順番に視線を向けて口を開きかけたとき、アリが発言した。

「質問してもいいでしょうか。あの現象に惹かれない者がいるでしょうか？」

かれは挑むようにローダンを見つめている。

「だれも惹きつけられるべきではありません！」アンブッシュ・サトーは懇願するようにいった。「実際、ただ一度、故郷星系のそばを飛びたいと考えただけだったことを思い出してください。それはソルが通過予定のオリオン腕のなかにあるからでした」

「サトーのおかげで協議の結果を思い出せた」ペリー・ローダンがいう。「この船に、エネルギー現象の意味を知りたくないという者はいるか？」

「はい、わたしです！」セッジ・ミドメイズの声が奥から響いた。「テラのホールには悪魔が棲んでいるといわれています。この星系はだれにとっても封鎖状態です。だから、招かれざる者がのんびり飛来するのを防ごうとするなにかがあるにちがいありません」

「細胞活性装置保持者ものんびり飛来したいわけではないだろう」アリ・ベン・マフルが主張する。ローダンの返答に備え、かれは用心のために頭をさげた。

「きみがアトランに推薦された理由がわかった。あの盗品テラナーは他人を動かすすべを知っている。ジャンプ・データをセット！　できれば、構造物より先に脱出したい。サトー、手伝ってほしい。あっさり太陽系を通過するわけにはいかない」

ローダンは司令室をあとにした。まるで自分自身と自身の決断から逃げるかのように。

「アトランのこと、かれはなんと呼んでいたっけ？」アリ・ベン・マフルが伸びをしながらたずねた。「聞いたことあるか、おっさん？　盗品テラナーだったっけ？」

「まさしくそのとおりだ！」アアロン・シルヴァーマンは深くうなずいた。「かれとローダンは剣でやりあったらしい。ブロンドの女テラナーのためだ。古代テラの物語によれば、身長一・六五メートル、華奢《きゃしゃ》なからだつきで、歳は三十九、とてつもない美人だってさ」

「そんなことより、マシンの現状報告を優先しなさい」メインティは氷のような口調で求めた。「わかってるわよね、ぼうやたち？　宙航士たちは、わたしたちのグラヴィトラフ貯蔵庫の状況を知りたがってるのよ」

2

通常空間への復帰は、十分前にシントロニクスによって実施された。ほとんど気づかれないうちに終了していたが、だれもがすでに慣れている状況だ。

それに対して、アンブッシュ・サトーが希望したためにハイパー・ジャンプの前から装着したセラン戦闘スーツには、慣れることが必要だった。このスーツは通常の成型シート用に設計されていなかったのだ。

一般的に見て、サトーの希望はもっともなものだった。奇妙な構造物の周辺にどんな危険が潜んでいるか、わからないからだ。

太陽系は銀河系の防衛壁の内側の守られた宙域で、その壁を越えるにあたって、すでに多くの犠牲が出ていた。

《カルミナ》は標準時間で八日以上、かつての星系群の内側の宙域を航行していた。そこでは妨害を受けることがなかったため、ローダンは当初の意図に反して故郷星系に向かっていた。

グラヴィトラフ貯蔵庫のための燃料補給をしても、未知の勢力が《カルミナ》という名の闖入者《ちんにゅう》をより近くから見てみようという気にはならないようだった。それでもペリー・ローダンは安心できなかったのだった！　高エネルギー貯蔵庫の補給とそれに伴うハイパー空間の断裂が気づかれていないはずがない。

ローダンは、乗員もそれを認識していることを知っていた。そして乗員も、ペリーにそれを把握されていることを知っていた！　公けにはそれについては話されず、くるべきものを待つことが決まっていた。だれもが起こりうるリスクの度合いを自分のために考えていた。みなほとんど似たようなものだったが、それぞれの考え方や気質、ありうる危険についての基本的な知識によって結論は異なっていた。

また、ローダンがとくに安心していないことも、みなに気づかれていた。構造物を近距離から観察するというかれの決断は、実際、みなが守ろうとしていた原則に反していた。

小さな《カルミナ》で太陽系に進入するという危険は決して冒せないというのは、はじめから明白だった。それはすでに、はるかに優れた装備の船団が本質的に無理だとしていた。ホーマー・G・アダムスが語っていたように、それについてかれは死の歌を歌うこともできた。

それでもあえて実行したいという希望がローダンのなかで燃え上がっていたので、すくなくともかれはエネルギー構造体まで飛ぼうと思っていた。乗員はその心からの思いを受け入れ、それにつきあった。

いま、《カルミナ》は、グリーンの光環の中心が黄色く変色しているように見えるせいでアリ・ベン・マフルが腐った目玉焼きにたとえたものから、二光分のところにいた。

メタグラヴ・エンジンの重力中枢は進行方向と逆になっていた。仮想Gポイントは通常どおり、それが生じる位置から離れようとするため、《カルミナ》は連続的に減速されていた。

アリ・ベン・マフルとアアロン・シルヴァーマンはこの減速の結果を《ツナミ》のスペシャリストたちにならってアンチ吸引作用と表現した。

シントロニクス結合体は絶えずデータを送信していた。あちこちで本物と見まちがえるようなホログラムがうつしだされ、現象の周囲と船の位置に関する情報を示している。

「お粗末なものだ！」第二宙航士が文句をいった。ハーム・フォールバックの赤毛が操縦のさいの色とりどりの照明に照らされ、緑青《ろくしょう》のわいた銅のように輝く。「われわれは、こうして問題なくやってこられた。こうした《ツナミ》のジョークは、実際、避けたいところだな、シルヴァーマン！」

アアロン・シルヴァーマンは冷静にフォールバックを見やった。

「シントロンが計算したエネルギーの要求を許可して、宙航士はジャンプをプログラムした。きみはかれらの一員なのか、ちがうのか？」

フォールバックは手を振り、シートベルトをゆるめると、からだを横にまわした。「背中にこぶができた」

「セランを船の供給ラインにつなげないのか？」いらだったように確認する。

アリ・ベン・マフルの返事はけたたましい音にかき消された。シートの自動機器がフォールバックのからだを容赦なく最初の位置に引き戻し、ベルトがしまった。この種の安全装置は、かつてのネット船ではあとから設置されたものだ。

シントロニクスからの情報はちらりと確認しただけで、かれらは予期せぬ事態を自身の目で目撃することになった。

全長わずか八十メートルの《カルミナ》は適応航行をしているあいだに、目視で確認できる端の放射線の境界を越えて進んでいたのだ。

突然、船の前方で、放射リングに囲まれた深淵が口を開けていた。中心にいくにつれて黄色みが強くなっている。ローダンは転換機がはげしい音をたてて作動しているのに気づいた。シントロニクスは全力で加速した。突然、巨大な構造物が《カルミナ》に亜高速で突進してきたからで、そのため衝突コースに入ってしまっていた。

ローダンは、あらかじめプログラムされた航法を当然のものと認識し、点滅するデータに注意を向けた。

それによると構造物の直径は目下、二千万キロメートルあった。いまはじめて認識できたことだったが、ここでは脈動作用があり、その値《あたい》はつねに変化していた。

メインティ・ハークロルが発言したが、それはだれの目にも明らかなことだった。

「ソルが消えました！　中心部のすべてが見えなくなりました。目玉焼きはいまは巨大なデフレクター・フィールドのようです。ハイパー探知では依然として、わたしたちの太陽はうつっています。だれかが空虚空間のまんなかに眺望ホールか光ホールを設置したのです。でも、なんのために？」

「早急に離脱を！」司令室の奥からアンブッシュ・サトーが声をあげた。「われわれがかかわっているのは、実験結果による現象です。確信があります！　六カ月半前にソルの宙域でスタートしたにちがいありません。そのときわれわれはすでにビオントの世界であるキオンのクロノパルス壁の内側にいました。その状況下、われわれのせいで眺望ホールができたのかもしれません。それがどういうわけか制御不能になり、光速で宇宙空間に飛び出しているのです。ここからはなんの情報も得られません。離脱を！」

「すでに吸引はフル稼働だ！」アアロン・シルヴァーマンが叫び返す。「実際、わからないか？　表示を見るんだ」

ローダンは発言を控えていた。船の指揮に問題がないのはわかっている。通常画像のモニターを確認すると、ハイパー探知のホログラムをチェックした。そこには故郷の太陽がはっきりうつっていた。一方、スクリーンでは漆黒の虚空が、はるか彼方の星々のまたたきに囲まれ、大きな口を開いている。ペリーは必死に考えていた。乗員たちの白熱する議論も、意識の片隅にしか感じられていない。

ゲシールと、受けとったメッセージのことを考える。本能的に、かれが〝宿敵〟と呼ぶ存在が急に思い出された。

多くのことが、そうしたものの存在を示していた。しかし、銀河系の力の均衡は混乱していて、この宿敵を特定しようとしても明らかにできる見こみはない。

そのためローダンは、宿敵が生命を維持する細胞活性装置を探知したと確信していた。テラナーは、それを証明することはできない。しかし、この点でも、未知者がローダンの居場所をその都度、突きとめていることを示す多くの証拠がある。それはかつての細胞活性装置の放射と関係があるとしか考えられない。

ローダンは、メタグラヴ・エンジンの強力な吸引力で生じる船のユニットの振動を感じた。しかし、アアロン・シルヴァーマンとアリ・ベン・マフルはこの現象を完全に制御している。

《カルミナ》の動きは光速に近づいていた。〝ソルの目玉焼き〟がさらにゆっくり上昇してくる。

「航路を保て」ローダンが声を発した。「前進し、探知せよ。メインティ、もしこのまま物体に追いつかれるようにしたらどうなる？ その中心を突破したら？ 地球の方向への転送効果はあるのだろうか？」

「どうかしています！」アンブッシュ・サトーが興奮する。「シントロニクスで確認された不安定性は、失敗した実験の産物だと証明しているようにわたしには思えます。詳細はのちほど！ 計画していた以上のリスクを冒さなくてはいけないのでしょうか？」

「転送効果は決して生じないでしょう」超空間理論学者はサトーの言葉を支持した。

「ここを突破するリスクを冒してもなにも得られません」

「いえ、いずれにしても予期していた以上の打撃です」アリ・ベン・マフルが突然口を開いた。「だれかがわれわれをお茶に招いてくれているのです……」

そのあとの言葉は、シントロニクス結合体が作動した全警報にかき消された。

同時に探知スクリーンに無数の点があらわれる。ホログラムで船体の輪郭がうつしだされた。

質量走査器と未知エネルギー探知機も《カルミナ》の前方に約五十隻の宇宙船が実体化したことを示した。構造衝撃波がダイヤグラムとして表示される。

正体はカンタロのこぶ型艦だった。外観と兵器の作用は既知のものだ。

銀河系のあるじたちは何日も《カルミナ》を泳がせ、太陽系の宙域ではだれでも自由に動けるかのように思わせたあとに、突然姿をあらわしたのだ。

「なぜだ？」ローダンはひとりごちた。魅入られたように探知スクリーンに目をやる。

「これはどういうことだ？　わたしが乗船していることがかれに知られているのか？　かれはわたしとじゃれて、わたしがどれだけとるに足らない存在になったか見せつけたいのだろうか？」

メインティ・ハークロルは、ローダンがだれの話をしているのが知っていた。宿敵と呼ぶ架空の相手にまた向き合っている。

しかし、女超空間論理学者は、いつまでもゲームをつづけるつもりはなかった。すでにあまりに危険を冒しすぎている。

シントロニクスはさらに緊急警告を発した。カンタロの船がハイパー空間から狙いを定めて出てきていた。《カルミナ》の位置を知られたにちがいない。

「敵が砲撃してきます」シントロニクスの情報に加え、アアロン・シルヴァーマンが知らせた。「光速高エネルギー軌道。九秒で到達。速度も完璧に計算されて前方に打ちこまれます。すくなくとも二発は直撃します。われわれがどれだけ避けようとしても」

メインティ・ハークロルは能力を駆使し、シントロン計算機による操作の要求を認めた。現在の加速値であれば、すぐにハイパー航法を実施できる。到達する速度はこのさい二の次だ。

《カルミナ》はアインシュタイン通常空間からエンジンによって作られた擬似ブラックホールに即座に突入した。発生したグリゴロフ層は四次元空間の影響を遮断し、船体は物質的な安定を保っている。

《カルミナ》がまさにいたところで、カンタロ船のビームの軌道が交差した。砲撃は非常に正確で、構造物の一部に衝突し、過負荷が生じて安定性が失われた。

恒星のように明るい爆発が空間を切り裂いた。放出されたエネルギーの断片が、ハイパーエネルギー性の力に変化し、構造的な放電閃光が起きて高位の次元にはしった。《カルミナ》船内で感知できたのはそれだけだった。雷鳴のような音が響くかと予期されたが聞こえない。

アリ・ベン・マフルはシートベルトをはずし、成型シートから立ち上がった。これみよがしのあくびは、アアロン・シルヴァーマンの平静を装った表情と同じように技巧的だった。

「ごらんのように超光速の目標把握に問題はありませんでした」アリは主張した。その声はいくらか威勢がよすぎるものだった。

ペリー・ローダンも立ち上がった。メインティの決然とした行動を黙って見守っていたのだ。

小柄で痩軀《そうく》のテラナーに向けられるかれの視線は心情を読みとりにくいものだったが、その言葉は、アリの行動をどう思うか、より明確にあらわしていた。

「きみはひょっとしてよく鍛えられたロボットなのか？」

アリ・ベン・マフルは顔をしかめ、質問の意味を考えた。

「わたしが……？」

「ほかにだれがいる！　不安なときにきみの眉間に浮かぶ汗が懐かしいよ。死を間一髪でまぬがれた者は、たいていそれなりの反応を示す。あるいはきみの指先はただ震えているだけなのか？」

アリは思わず右手を見つめた。

「英雄的叙事詩はお断りよ」メインティはひやかした。「どうしてわたしが冷静なのかと聞かれる前に説明しておくと、わたしたちは危険な状態ではなかったの。シントロン結合体はわたしが解除の切り替えをしなくてもハイパー空間への脱出をはじめたでしょうね。わたしのプログラムでそうなっていたから！」

「そのとおりだ！」ローダンが認めた。グレイの瞳に、アリがのちに〝暗黙の指示〟と形容したなにかが宿り、光っている。「それとも、まさに危険が迫っているときに、このわたしが白昼夢を見ていたとでも？」

アリは当惑して咳払いをした。かれはひとつ経験を積んで賢くなっていた。

《カルミナ》は短い超光速飛行のあと、プログラムどおり通常空間に戻った。到達した一光速弱の速度は維持される。シントロニクスは今回も完璧に任務を果たした。ソルからの距離はすでに三光年半になっていた。通常の光学画像処理で問題なく確認できる。従来の倍率でも歪みのない画像が得られた。

いわゆる眺望ホールはハイパー探知のみで確認できるだけで、それは問題のないものになっていた。

アンブッシュ・サトーは胸の前で腕を組んでいる。セランを脱ぎ、幅のある着物に着替えていて、羽を広げた巨大なコウモリのようだ。

ローダンは独自の探知をするのを断念した。警戒態勢に入っていると考えられる敵にまた探知する機会を与えてしまう。

「なにかいうことがある者はいないのか?」ローダンは不思議そうに乗員を順に見つめていった。「この経験のあとで?」

「いいえ、それどころかいろいろ話したくてたまりません」アリ・ベン・マフルが発言した。「ただ、それが叱責につながるかどうかを知る必要があります」

「ここではだれも叱責などされない」ペリーは驚いた口調だ。

「テーマはなんになるでしょうか」セッジ・ミドメイズが口を開く。首席船医は船内のクリニックか、それに該当する場所にいて、かれの顔がインターカムのモニターにうつしだされた。

「高度な科学的な概念は使わず、シンプルに進めたいと思います」ミドメイズが話しはじめた。「この設備のあふれる洞穴にわたしが潜っているのは、ここにわたしの制御ステーションがあるといわれたからなのです。かつてはこんなばかげた話は見向きもされませんでした。いえ、ペリー、映像にしぶしぶ目を向けないでください。わたしが話すとおりなのですから」

首席船医は長い鼻を人差し指でこすり、慎重につづけた。

「シルヴァーマンとベン・マフルが、本来のユーモアを失っています。メインティは些《さ》事《じ》にこだわり、レジャーノがおしゃべりをやめ、フォールバックはつまらないことで大騒ぎをしています。サトーは大声を出しながら瞑想し、親愛なるペリー、あなたは内心、疲労困憊《こんぱい》しています。ゲシールの運命という解決できない問いに苦しみ、カンタロ船との遭遇で、われわれがいかに小さな存在になったかということをあらためて思い知らされています。このような放浪の旅は終わらせなくては……いますぐに！　惑星シシュフォスで《シマロン》が待機しています。修理も完了しているでしょう。アトランはこの状況下では《カルミナ》を必要としています。この船は借りているだけなのです。まだ話をつづけたほうがいいでしょうか？」

ローダンはミドメイズがとうとうと話しているあいだ、耐圧シートにもたれかかるようにすわっていた。この船医の話の正しさをだれよりもよくわかっている。

ペリー・ローダンはまた周囲を見まわし、咳払いをした。口を開いたときの声はいつもより荒々しいものだった。

「どうやら、われわれはまさに精神的に困憊しているようだ」

「いささか大ざっぱですが、そのとおりです！」シントロン結合体が口をはさむ。

「生体コンポーネントの鼻づらは黙っていろ！」ローダンは立腹した。「身の程をわきまえるのだ！」

「どういう意味ですか！」

「いまの言葉はとくにきみだけに向けたものではない」テラナーは微笑を浮かべた。「さあ、落ち着いて！　メインティ、シシュフォスに向かう。航路の設定をどうかよろしく頼む。銀河系の半分を横断することになる。アリ、アトランの食糧をどこにしまいこんだか、覚えているか？　テラ・コーヒーの大きなポットをどうしただろうか」

メインティ・ハークロルは、ローダンが「どうかよろしく」と気遣うような言葉を使ったことに、突然、心が満たされたような気がした。

アリ・ベン・マフルは自然な笑みをとり戻し、アンブッシュ・サトーは重ねていた着物をようやく脱いだ。

こうして、はじめから失敗すると判断されていたくわだては終了した。

みなはソルを見て、苦痛を感じた。未知者たちは、自分たちが依然としてこの状況のあるじだと証明した。新しい存在が現実にいるということを、そろそろ心おだやかにとらえるときだ。

《カルミナ》は太陽系の宙域を離れた。惑星シシュフォスを抱える恒星メガイラまでの距離は七千五百光年弱だった。

船首のインパクト・バリアの前で高くイオン化されたガスによって、数分間、《カルミナ》の通信は妨げられたが、探知される危険があるため、干渉を防げるハイパーカムの使用は避けたい。

着陸する船の降下速度が落ちると、摩擦熱を帯びた空気分子の渦を巻く熱の球も消えた。

3

年老いた矮星《わいせい》メガイラの第三惑星シシュフォスには、呼吸可能な酸素大気があった。おかげで、損傷した《シマロン》の修理が可能だった。

《カルミナ》は惑星の浅い海の上を低くかすめ飛んでいった。シシュフォスは暖かく暗い世界で、異国情緒あふれる植物や動物があふれていた。

地表の八十パーセントは、この浅く、一部が沼のようになった海でおおわれている。赤道の南北にそれぞれ大陸がひとつずつある。無数の島は、身をかくすところを探すギャラクティカーには興味を引かれないものだった。

赤い恒星の弱い光にも、ペリー・ローダンは感激を覚えなかった。しかし、いま、ともかくシシュフォスは、最大の危機のときに着陸し、追っ手から身を守ることのできる場所だった。

モニターが明るくなった。障害が収まり、ヴィデオカム接続が安定した。レジナルド・ブルの顔がふたたびはっきりと認識できるようになるより早く、シントロニクスが報告した。

「《シマロン》はかつての着陸地点を離れ、より北上しています。《モンテゴ・ベイ》がいま着陸します。なにか特別な指示はありますか？」

「《シマロン》の近くに着陸。それだけよ」メインティ・ハークロルが指示した。

「あらためて、ようこそ」ブリーの声がふたたび聞こえるようになった。「どこをうろついていたので？　《シマロン》はすでに最初のテスト飛行を終え、あと三日ほどで出動できます。ところで今日はNGZ一一四四年九月十四日です」

ローダンは思わず安堵の息をついた。コンソールに向けられた目からは、かつてのネット船をまた離れられたらと願っているのが伝わってくる。

「こちらも同じだ」かれは日付を確認し、アルヘナでの出来ごとについてブルに伝えると、こういった。「すると砲撃で受けた損傷は回復できたのだな」

ブリーは汗の浮いた額を手の甲でぬぐった。その顔色は不健康そうだ。

「方法については訊かないでください！」かれは強くいった。「ロワ・ダントンの《モンテゴ・ベイ》の船内に備えた機器がなかったら、きっと成し遂げられなかったでしょう。多くを代用品でまかなわなければならず、大気は高温多湿できつい作業でした。インケニットの鋼さえ、ここでは酸化してしまう。すくなくともそう見えます」

「そう見えるだけというのだったら、満足すべきだろう。場所を移動したか？」

「ええ、山の上に。ここのほうが呼吸は楽です。だが、それは些末《さまつ》な話で。アトランからはまだまったく連絡がありません。われわれは……そうだ、あなたたちは順調にコースを進んでいます。わたしはなにをいいたかったのでしたっけ？」

「おそらくアルコン人の話だろうか？」ローダンは名をあげてみた。

「いえ、その話はすでに終わっています」ブリーは疲労困憊の表情を見せた。「ここの気候は本当に地獄だ。大至急、ここを離れます！　あらたなヴィッダーの基地に飛ぶべきでしょう。惑星ヘレイオスはこの世界に比べれば楽園のはず。どう思いますか？」

「いまのところ、まったくわからない」ローダンは返答を避けた。「わたしがあわててアルヘナを離れた理由は知っているだろう」

ブリーの顔が小さくなった。映像は今、《シマロン》の司令部全体をうつしている。

「はい、そうですね。あなたの宿敵はあなたの細胞活性装置をいつでも探知できるというのは妄想の産物です！　その理論を裏づけるものはなにもありません」

「アルヘナとコンタクトをとっただろうか?」

「いえ! ロワはペルセウス・ブラックホールでの調査に飛びました。当然、慎重に進めています」

「当然!」ローダンはくりかえした。「かれは自身の船の対探知とヴァーチャル・ビルダーの優れた性能をよく知っているにちがいない」

「ごきげんよう、モンシニョール、閣下」突然、別の声が響いた。ロワ・ダントンの顔がもうひとつのモニターにうつった。「あなたの息子は慎重でしたよ! ヴァーチャル・ビルダーがカンタロの近くに大胆に出現していたら、深刻な混乱を引き起こしていたでしょう。そこで距離を保っていました。暴徒としてはよくあることです!」

いまのローダンには、何世紀も前から知られる息子のおどけた言葉に応えるだけのユーモアの持ち合わせがなかった。

アリ・ベン・マフルはまったく異なる見方をしていた。とうとうとした語りに、ローダンは返事もできない。

「ああ、大いなるアドヴォクがじきじきに! アアロンとわたしは思い出すことができる。ヴァーチャル・ビルダーがあるにもかかわらず、あなたの壮大な周囲に頑丈なトランスフォーム弾を雷鳴のように落としたことを。あなたは青くまだらで、二日酔いのようでした」

「野蛮な語りの野蛮人め」ロワはこのあてこすりを受け流した。「どうしてまだ生者のなかで過ごせているのかな？　わたしはてっきり、激怒したテラナーに投げ落とされたかと思っていました」

「いったい、その頭にはなにがつまってるんだ？」アリは無表情に聞いた。「ぼこぼこのバケツが髭《ひげ》を生《は》やしているようだ」

「原初のままの惑星では、流行に敏感な紳士はもちろん、罠をしかける猟師か散策人になる。このよく似合うかぶりものは、創造的な芸術家たちが毛が黒くて縮れた沼ネズミの毛皮から作ったものだ、無作法者め」

「侮辱されたわけだな、黒い巻き毛の海賊づら」アアロンは眉間にしわをよせていった。「なにか反論すべきだ」

「ここでは、なにもすることはない！」ブリーは立腹して口をはさんだ。「みんな、どうかしてしまったのか？　すでに何週間もこの調子だ！　まだそこにいますか、ペリー？」

「無傷で生きているよ」ローダンは楽しそうに答えた。「シシュフォスでの歓迎は、どういうわけか注目に値いするね。ほかになにか驚くような話はあるか？」

「詩にあらわしたり、竪琴を奏でたりしたくなるような話はなにもありませんよ、テラの貴人」ロワがほがらかにあいだに入る。「でぶの厩舎《きゅうしゃ》の親方がする粗暴な話し方は、わたしが手を加えて完璧な言葉に格上げされます。下品な暴徒は消え失せろ！　そうだ……あなたと話したいという者がいます。十一月中旬、オリオン＝デルタ星系、トプシダーの故郷星系で、要請者の名はガルブレイス・デイトンと表示されています」

ローダンはぎくりとし、顔色を変えた。

「デイトンだと？　ロワ、お芝居は終わりだ！　はっきりした情報がほしい」

「了解しました、ゆったりと生きる舞台から離れましょう」ロワ・ダントンはあきらめた。「世迷いごとではありません！　三日前、《オーディン》型の巨大戦艦を探知しました。五百メートル級のモジュール船です。シシュフォスが目的地なのはまぎれもない事実でした。つまり、ここでだれが困っているか、知っているということです」

「わたしはここにいなかった！」ローダンは強調した。かれは突然、熟考をはじめた。

「そうですね！」ロワがひやかすようにいう。「すると、〝あなたの〟細胞活性装置のせいだけではないかもしれないですね。そもそもブリーとわたしも保持しているのですから」

「その問題はすぐに解決できます」アンブッシュ・サトーが断言した。機器の記録領域に入り、ペリーの隣りにならぶ。「より具体的なデータをいただけますか？」

「ようやく行儀をわきまえたテラナーが出てきた！　いいぞ、えらい！」ロワ・ダントンはほめた。「異人がわざわざここをめざしてやってくるということは、なにか明確な情報を把握しているにちがいありません。カンタロの艦隊があとを追ってくると予想していましたが、そうはなりませんでした。未知の者から通信が入り、かれはガルブレイス・デイトンだと名乗り、ペリー・ローダンと話したいと求めたのです。該当の人物は不在だったので、連絡してきた者はメッセージを残しました。それをお伝えしたいと思います」

「その言葉は？」ペリーは不機嫌そうにうながした。「さあ、急いで！」

「まあ、落ち着いてください！」ロワはからかうようにいった。「われわれは、自称デイトンを引きとめようとしたのです。ですが、それがかなわず、かれはこんなことをいってきました。

〝ペリー・ローダンが旧友に会いたければ、十一月中旬にオリオン＝デルタ星系にいくといい〟」

ロワ・ダントンは唐突に対話を終了した。これ以上、言葉をつけ加えたくないようだった。

無意識のうちにローダンは《カルミナ》が着陸しようとしていることに気づいた。宙航士の指示とシントロニクスのアナウンスが入りまじり、騒音のようになる。

エンジン音がやんでいき、とうとう完全に静まった。

わずか五十メートル先で、《シマロン》の輪郭が矮星の赤い光のなかで浮かび上がっている。それは、太古の巨人が忘れていった巨大な楔《くさび》のようだった。

さらに東の、植物のほとんど生えていない岩の台地の端近くに《モンテゴ・ベイ》が着陸衝撃フィールドの上で浮遊していた。探知機は接近する《カルミナ》が最後の進入行動のあとに入るとすぐに船をとらえた。

数週間前に設置された緊急避難所や物資貯蔵庫は姿を消していた。ブリーの乗員は完全に計画どおりに作業を進めた。四方八方を見ても、シシュフォスの世界で長いあいだ慌ただしい作業が行なわれていたとはまるで感じさせない。

台地の西側で、嵐の雲がたちこめていた。こうした嵐はシシュフォスでは日常のものだ。ローダンは後部のエアロックから《カルミナ》を降り、奇妙な形の船の側面を見上げた。全長三百二十メートルの球型船《モンテゴ・ベイ》と、申し分なく機能する衝撃フィールドの上で長々と横たわる《シマロン》のあいだで、《カルミナ》はどこか頼りなげだ。

かつてその形がピストルのグリップと銃身にたとえられたことがある。また無骨な柄のついた、穴の開いた手斧に見たてられたこともあった。

いずれにしても……《カルミナ》はその役目を充分に果たした。愛情のような感情を抱いて船を見ることは、ローダンの気質にそぐわない。かれはもっと冷静で実質的なものを好む。

「新しい船に乗るときです！」背後でだれかがいった。ローダンは振り向いた。話しかけてきたのはラコ・レジャーノだった。「カンタロの近代的な巨大艦を奪いましょう」

ペリーは思わずうなずき、探るようにロワ・ダントンの球型船を見やった。

赤道の高さにある大きなコンテナの出入口から飛翔グライダーが出てきて、急速に接近してきた。空気がかきわけられ甲高《かんだか》い音が響くことだけが、高速で飛んでいることを示している。

船が着陸し、ロワ・ダントンが降りてきた。毛皮の帽子が、はっきりとした顔だちによく似合っている。きばつな革製の服は、北アメリカの開拓時代にぴったりのものだろう。

「長いケンタッキーライフルと火薬筒と弾丸袋が懐かしい」ローダンがまた機嫌をもどしたようにいった。

ロワは無言で近づいてきて、自身の父であるだけではない男を抱きしめた。何世紀ものあいだに両者はほかの人にはできないような形で親密になっていた。そもそもこれほど長く生きられる者はいないのだ！

ラコ・レジャーノがアアロン・シルヴァーマンとアリ・ベン・マフルに手を振った。こちらも船を降りてきたところだった。

アアロンはこの身ぶりを理解した。ふたりのじゃまをすべきではない。ロワとローダンが《シマロン》にやってくるのを、かれは待った。

だれにも迷惑がかかることはないと考え、アアロンは小型の制御装置で、用意してある反重力グライダーを船から出すように指示した。そこにはさまざまなものが積んであった。

「ゆっくり、ゆっくり」アリは警告した。「エアロックがまだ開ききっていない」

友より頭ひとつ分、背の高いアアロンは反対意見など気にしなかった。かれはつねに、エアロックのハッチが充分に開くタイミングを知っている。

貨物グライダーは上昇した。かれが触れようとしたとき、ローダンの声が聞こえた。

「いったい、どういうことだ？　なにを降ろしている？」

アアロンはグライダーをとめると、驚いて振り向いた。ローダンはまだ遠く離れていなかった。

アリはこの質問に自身が返答したほうがいいと思った。

「アトランの貯蔵庫から出した物です。役にたつかもしれません。《シマロン》で、ということです」

ローダンはそれ以上、説明させなかった。戻ってきて、荷台で表面的に固定された品々を確認する。

アリとアアロンは、テラナーが物思いにふけりながら物をなでているのを落ち着かないように見つめた。

「テラ保存食糧、一級品、賞味期限はほぼ永久」かれはいった。「これを《シマロン》に持ちこむのか？　アトランに暗黒の地獄に落とされるだろう。これはかれの蓄えだ」

「ラトバー・トスタンが遺したものです」アリが断言した。「結局、われわれは《ツナミ＝コルドバ》にも乗船していたのです。そこから考えて……」

「……きみたちには相続権はない」ローダンは言葉を引きとった。「だが、財宝の管理はつづけていいだろう。船に戻るのだ！　つまり、《カルミナ》に乗船するのだ」

アリとアアロンはしばらく無言で顔を見合わせ、とうとうアリがたずねた。

「つまり、われわれは、ひょろひょろの斧に残らなくてはいけないということでしょうか？」

「それだけではない」ローダンははっきりいった。「アトランを探し出して船を返すという、名誉ある任務を与えよう。しばらくここで待機してから、いつもの乗員とともにヴィッダーの新しい基地のヘレイオスへ飛んでくれ。アンブッシュ・サトーとセッジ・ミドメイズは《シマロン》に移る。アトランへの個人的なメッセージはシントロニクスに保存されている。メインティ・ハークロルには伝えてある。彼女が詳細を話してくれるだろう。ではまた会おう」

ローダンはアリの肩をたたき、アアロンに向かってはげますように会釈すると、ロワ・ダントンのところへ戻っていった。

「運が悪かったな」レジャーノは笑った。「みんな知っていることだ！　なぜ、きみたちは知らなかった？　着陸二時間前にペリーが情報を知らせたんだ」

アアロンはがっかりしたように歯のあいだから口笛のような音をもらした。アリはふさぎこんで保存食糧を見つめ、首席宙航士がさりげないように話をつづけたときも、その姿勢を崩さなかった。

「そうだな、もちろん、覚えているよ！　内部カメラでは、そのときぎみがカムフラージュされた貨物室にいるのがうつっていた。ペリーがいったように、ひっかきまわしていた！　かれは親切にも、きみのじゃまをしようとしなかった。では、どうかグライダーをエアロックに戻してください」

かれはそこを離れた。アリの悪態も老テラナーは気にとめなかった。

向こうでローダンとロワ・ダントンが走りだした。雲のたちこめた空から最初の雨粒が落ちてきた。

アアロン・シルヴァーマンとアリ・ベン・マフルはグライダーを安全な場所に急いで運んだ。エアロックに到着したとたん、外では世界が破滅におびやかされた。

嵐がこうした惑星に典型的な猛威をふるいはじめた。

4

アトラン

ホーマー・ガーシュウィン・アダムスは、ペルセウスの息子を思いながら、原始惑星を〝ヘレイオス〟と名づけた。

この世界の恒星は〝セリフォス〟といった。これもまた、かつてテラナーの一般教養に数えられたものに〝ヴィッダー〟のチーフがつながりがあることを示していた。しかし、重要になったペルセウス・ブラックホールの近くにある十二の惑星をもつ星系の命名は、単にテラ神話への敬意だけではなかった。

ホーマー・G・アダムスは背が低く見栄えのしない、几帳面《きちょうめん》な会計係のような風貌だったが、実は、ブラックホールからわずか四・八光年のところに、どのカタログにも、さらにネーサンにも記録されていない秘密基地を建設する頭脳があった。

NGZ五〇〇年代後半にそれができたのは、驚くべき功績だった。アダムスは、宇宙的規模のカタストロフィの直後、当時すでに揺らいでいた宇宙ハンザをあらためて活性化させることを考えていた。

それまで知られていなかった惑星、現在のヘレイオスで、行使できるあらゆる権力手段を使ってひそかにハンザ商館を建設させたのだ。

恥ずかしそうに聞こえる声で報告したところによれば、そのころからすでにヘレイオスがいつの日か、非常のさいの〝頼みの綱〟として必要となるかもしれないと予測していたのだった。

アダムスは自身の些事にこだわる気質をごまかせず、拡充にかかった費用を記録していた。

そこでどれだけ費《つい》やしたかということについて気にもとめる者はいなかった。重要なのはただ、施設建設の価値だけだ。というのは、そこからかれらの規模と技術的な質を推論できるからだった。

宇宙ハンザは千八百四十億ソラーを投資した……ホーマー・G・アダムスがその後何百年も朽ち果てるにまかせざるをえなかった一基地の価格としては大枚だった。

クロノパルス壁が建設され、カンタロによってものの見事に権力を掌握《しょうあく》されると、ヘレイオスは必然的に荒れていった。

NGZ四五五年にアダムスが待機乗員として残していった、通常の生命をもつギャラクティカーたちは死んでいき、かれらの子孫はこの原始惑星を去った。おそらくここが退屈になったのだろう。保管されていた宇宙船とともに去り、行方知れずになった。

アダムスが何百年もヘレイオスを綿密に観察してきたのはそれが理由だった。旅だった待機乗員の子孫がセリフォス星系の意味を明らかにしたのではないかというかれの疑念は、根拠のないものではなかった。

しかし、のちに、かつてのハンザの基地はだれにも知られていなかったことが判明した。

そして何百年もたった今、アダムスはかつての住処をふたたび動かそうと決意していた。かつて訪問したさいは、招かれざる客のシュプールをまったく記録できなかった。

現在、NGZ一一四四年十月二十日。イホ・トロトは三週間前、わたしをヘレイオスで降ろした。かれは大マゼラン星雲で自身の種族を探したかったのだ。

九月三十日に到着したときにはアダムスから、これまでのところペリー・ローダンのシュプールはまったく発見できなかったという報告をわたしは受けていた。派遣された調査船の乗員たちは、ローダンが避難した惑星シシュフォスが無人状態だということを確認した。損傷した《シマロン》は姿を消していた。

わたしの小さいが優れた《カルミナ》になにがあったのか、知る者はいなかった。唯一の慰めは、《カルミナ》に慣れ親しんだ乗員を残してきたことだった。

しだいにわたしは船を手ばなしたことを後悔しはじめていた。ただし、ヘレイオスの状況があまりに混沌としていたので、くよくよ考える余裕はほとんどなかった。アダムスのヴィッダーのスペシャリストたちは、球状星団M‐55にある従来のアルヘナ基地を逃げるように撤収した。

ヘレイオスにこのように膨大な物資が運ばれた理由は謎だった。ローダンは自身の細胞活性装置が探知されてアルヘナが発見されたと推測していたが、それには部分的にしか同意できなかった。ともかくアダムスはアルヘナに緊急要員を残していった。

空洞で大気がなく荒廃した惑星アルヘナを捨てた理由は、ヘレイオスによりよい世界が見つかったからだ。

ここではふつうの恒星の光と暖かさの恵みがある。酸素も水も豊富だ。宇宙ハンザ後期の施設はいつでも稼働できる状態にあった……修理を重ねれば、だが。

もっとも重要な要素であるエネルギー供給は、すでに問題なく機能していた。技術的な設備は、ほかに問題がなければ、しだいに輝かしい機能性をとり戻せるだろう！

抵抗組織ヴィッダーは残った物資をのせてヘレイオスに到達していた。それは完全合成で一部が腐敗してしまった凝縮口糧で、見るだけで吐き気をもよおすようなものだった。

アダムスのレジスタンスたちは、食糧問題を一度も解決できていない。

いろいろと手をつくしたが、まずは重要な装備を獲得していた。役にたつ便利な靴にはじまり最新鋭の小型シントロニクスに至るまでだ。

もし食糧を発見したとしても、それはたいてい宇宙船やあらゆる基地ですでに使われていた凝縮口糧だった。

貯蔵も豊富な農業惑星を手に入れることはかなわなかった。大量の基本的食糧をすばやく運びだす手段がないからだ。

ヴィッダーの拠点惑星からの退避はすばやく遂行される必要があった。輸送船をそれに参加させるという危険はだれにも冒せなかった。

このとき、この問題はなおざりにされていたとわたしは確信した。

ヤルト・フルゲンの報告によると、あらゆる種類の食糧を搭載した大規模な船団が、完全機械化で農業が行なわれていない世界に向けて絶えず動いていた。

たしかに一隻で飛んでいる船もあった……しかし、まず広大な銀河系でそれを発見する必要があった。

空腹の状態では、もし、だが、といっても意味がない。逃したチャンスを嘆くのは、われわれがすべきことではない。

そこでわたしは苦境におちいっているギャラクティカーの基本的食糧の供給のためになにかしようと考えた。

建設当初にアダムスが世話をしていた広大な畑は、すでにまた原始林に飲みこまれてしまった。

ヘレイオスのヴィッダーの基地の地域は、テラの平均気温よりも摂氏十二度高温の状態だった。

高温多湿の気候でありとあらゆるものが育ち、繁茂している。ヘレイオスの標準日で三百七十日の一年間で、二、三回の収穫が可能だった。

最初に植民した時点では、遺伝子調整作物は自然のままの作物の平均二十倍の収穫高をあげていた。ここでは小麦の穂は成長すると腕ほども太く長くなった。

問題は、エネルギー保存のさいに、苗が一部くさってしまうことにあった。

一方、繁茂する原始林の開墾はすでにはじまっていた。完全自動の機械が、当時からいまも使われているプログラムで作業する。

だが、最初に大きな収穫ができるまでにはまだ数ヵ月がかかるだろう。小さな畑からの収穫はすでに自動化された工場に送られていたが、量がまったく不足していた。

＊

銃口のかちりという音で現実に引き戻された。アクテット・プフェストは待ち伏せする追いこみ猟を予定どおり開始していた。

七百年ほど前にはこびこまれたテラ牛が野生化しており、われわれはその子孫の狩りを日の出の直前にはじめた。

高地のサバンナを囲む古いエネルギー柵は壊れていて、ふたたび使えそうにもない。アルビス牛は当時、宇宙ハンザによってアルゼンチンの食肉用動物と北米のバイソンの遺伝子をかけあわせて入植世界にはなたれた動物だ。

この巨大な食用動物の飼育は、ほとんどの場合、いい転換点となったが、カタストロフィに終わったところもあった。

ヘレイオスもそのひとつだった！ そのころ、状況がいかに混乱していたかがわかる。アルビス牛は丈夫な家畜で、あらゆる病気や環境の影響に対して遺伝子的に抵抗力があった。肉は一級品ということだった。生体重量は平均千六百キログラムに達し、毛が太くて濃く、気質はおとなしい。

ただひとつ見落とされたのが、この牛があらそうための強い力も必要ということだった。短く前方に曲がった角《つの》は人類には命にかかわるものだが、大型のヘレイオスの捕食動物に対しては無力だ。

ここには恐竜の範疇《はんちゅう》に入る巨大な捕食トカゲやすでに成熟した哺乳類がいて、食欲も旺盛だった。

謎だったのは、アダムスが立ち去ったあと、無防備になった牛たちが捕食され数を減らしながらも補うようにさらに莫大に増えていったということだ。

四百メートルほど西で一頭の牛が倒れた。アクテット・プフェストは確実な射撃者だった。

さらに数発の銃声が響き、約百五十頭の牛の群れが荒々しく逃げていく。猟銃は数挺しか見つかっていなかった。

エネルギー銃は肉の調達には不向きだとわかっている。威力を弱めても、ショックのせいでひどい血腫ができて、そうなるととれる肉の味がほとんど損なわれてしまうのだ。

わたしは旧式だがまだ機能しているシフトの、湾曲した制御用ドームの上に立っていた。

北と東では二機の大型グライダーが、開けたサバンナへの道をふさいでいる。予想どおり、急いで逃げる群れがわたしのいる場所に接近してきた。

ここから先は高く鬱蒼と茂る原始林だ。わたしの左側だけが、草木の乏しい岩だらけの道につづいている。

狩人たちはバリアを張り、その陰で射撃の好機を待っていた。距離が遠すぎるためにアルビス牛を撃ち損じて手負いにして、さらに追いかける羽目におちいるような余裕はない。基地では数千名のギャラクティカーが腹をすかせて食糧を待っているのだ。

わたしは通信で指示を伝えた。すべての狩人が応答し、位置を知らせてきた……ひとりを除いて！

該当の狩人は身をかくしていた原始林の藪を抜け出し、幅が約八十メートルの道に到達しようとしていた。

かれは走り、飛び跳ね、よろめき、手を振り、叫びながら、アルビス牛の群れが唯一逃げこめる区域に向かっていった。

通信ヘルメットのスピーカーから、ほとんど聞きとりにくい音がしてきた。

「戻れ……ここではない、仲間とさがれ、いくんだ……！」

これまで生きてきてめったになかったことに、わたしは唖然としていた。シントロンの統計学者のヤルト・フルゲンが、パニックにおちいった群れを本気でとめようとしているのだとわたしは悟った。

「フルゲン、かくれ場に戻れ！」わたしはヘルメットのマイクに大声でいった。「踏み殺されるぞ、フルゲン……！」

しかし、その声も無益だった！ 長身痩軀の男は不器用に跳び、高さが半メートルもない、波打つ草からかろうじて突き出ている石に乗った。

そこからかれは懇願を続けた。かれの狩猟用の銃は下草のどこかにころがっている。わたしはシフトをスタートさせ、わずか百メートル先にいる、頭がおかしくなってしまった男に向けて進路をとった。かれはどうかしてしまったにちがいない！ 蒸気機関車がはしるのを妨害するようなものだ。

右方からわれわれのグライダーが飛んできた。オンドリ・ネットウォンが開いた荷台から冷静に狙いを定めて下に向かって射撃する。それによってすくなくとも先頭を走る動物はわずかに旋回し、わたしはこの機を利用してぎりぎりの瞬間にヤルト・フルゲンを反重力吸引フィールドで機内に引き上げることができた。

シフトのわずか一メートル下で、黒い塊りがからだを大きく揺らしながらはげしい音をたて、フルゲンが乗っていた小石を越えた。

わたしは古い装甲艇を高く上昇させ、渦巻く砂塵のなかを風に逆らって飛び出した。

通信ヘルメットのスピーカーから女の声が聞こえてきた。

「こちら、オンドリ。かれを救助できましたか？」

わたしはその声に耳を傾けた。オンドリ・ネットウォンはテラナーの末裔《まつえい》で、人目をひく容貌をしているのは、その褐色の瞳のせいだけではない。彼女にはバス＝テトのイルナを思わせるところがたくさんあった。

「もしもし、聞こえますか？　アトランと話をしたいのですが！」

わたしは咳払いしてうしろを見た。ヤルト・フルゲンが足を引き寄せて荷台でうずくまっている。かれは通信ヘルメットをすでに脱いでいた。細く、いくらか高すぎる鼻を攻撃的に司令コクピットに向け、頑固そうにこちらを見つめている。

「大丈夫だ、暴《あば》れる群れのなかからどうにか釣り上げられた」

彼女の安堵した吐息が聞こえてきた。この不運な男、フルゲンは、彼女を崇拝し、賞讃していた。ことさら控えめにしていたが、かれが突き動かされている感情はだれにでも見てとれた。

オンドリ・ネットウォンのほうは姉のような目でかれを見守っているようだったが、このプロフォス人はもちろん誤解していた。しかし、だれがこのような残酷な事実をかれに伝えられるだろうか？　体重過多で粗野なアクテット・プフェストでさえ、ヤルト・フルゲンにそれを説明することはできなかった。

南のほうで銃声がはげしく響いた。ヘレイオスに到着してからはじめて充分な食糧を持ち帰れそうだ。

「狩りは順調です」オンドリが報告した。「古い銃は思っていた以上にいい働きを見せています。ロケット弾の導火線は四十センチメートルほどなかに入ると反応します。でも華奢な動物には火薬弾は適していません」

「大型の動物にも使えるように考えられている」わたしは説明した。「捕食トカゲに気をつけてほしい。のんびり敵が迫るのを待っているわけではないから」

「ご自分も気をつけたほうがいいわ。わたしが知るかぎりフルゲンは、すぐにあなたを殺し屋と呼ぶでしょう。狩りは終了します。緊急に必要な分にはたりています。いいですか？」

「もちろんだ！　供給ロボットの反応は？」

「プフェストが対応しています。古いシントロン・プログラムはむしろ肉を食用に加工するために設計されています。問題はあるでしょうけど。わたしたちの社会学者兼統計学者はもういくらか落ち着きましたか？」

「いや、まったく、殺し屋たちめ！」フルゲンの声が耳をつんざくように響いた。「あなたたちはカンタロの秘密諜報員の肉処理者と変わらない。どうして罪のない動物を撃てるのですか?! オンドリ、あなたがこんなことをするとは思いもしなかった。わたしは……」

ヤルト・フルゲンの憤《いきどお》る声がヘルメットのマイクロフォンから響く。いまはかれをなだめようとしても無理だろう。

もちろんかれは、最後に残っていたわたしの肉の凝縮口糧をおいしく味わったとは夢にも思っていない。

ほうっておくと、かれは荒れくるい、とうとう息もたえだえになっていった。たいらな両手がわたしの背中にあたるのもじっと我慢する。

ついに、かれはわたしの隣りの副操縦士席にみじめにすわりこみ、震える手を見つめた。

わたしは加速して、原始林の上空を飛び、幅の広い道の上で空中停止した。

眼下には黒い死体が累々ところがっている。フルゲンは辛辣《しんらつ》な笑みをこちらに向けた。

かれは、生存のきびしさがわたしに突きつけられていることを知っていた。

かれにはきわめて鋭く分析できる理解力と、ヴィッダーの目的にとってかけがえのない専門知識がある。

ヤルト・フルゲンこそ、カンタロの世界、スティフターマンⅢでかつてのシントロンの統計学者として銀河系の中央シントロニクス、ネーサンに侵入するという芸当を成し遂げた男だった。

フルゲンがいなければ、われわれがクロノパルス壁の突破に成功したことを、おそらく今日もまだヴィッダーは知らなかっただろう。

降下して、議論する狩人たちの上を飛ぶ。アクテット・プフェストが飛翔グライダーで到着し、一頭のたおれたアルビス牛の隣りに着陸した。

フルゲンは怪我をした動物の悲鳴のような声をあげた。しかし、わたしにしてやれることはなかった。

着陸早々にわたしはいった。

「二十九年も生きてきて、豊かな食卓の食物がどこからきたのか、一度も考えたことがないのか」

「凝縮口糧のことですね！」教えるような口ぶりだ。

「もちろんだ！　ありとあらゆる基本食糧の凝縮口糧があり、そこには大量の肉も含まれている。銀河系の民がどのように食糧を調達しているか、きみのほうがよく知っているはずだ。いずれヴィッダーの仲間に入りたいのなら、〝食う者食われる者〟という概念を追求する必要がある。そして今、獲物を最終的に利用することを考えなければならない」

「獲物！」かれは軽蔑するようにくりかえした。

「獲物をとるのは野生生物です」

わたしはエンジンを切り、シフトの透明なドームをさげた。

「そのとおりだ、ヤルト・フルゲン！　きみもテラナーの末裔だな？　ただし、プロフォス生まれだが」

わたしはやわらかい草むらに跳び降りた。巨体がこちらに向かってくる。

アクテット・プフェストは身長がわずか百六十五センチメートルほどだったが、横幅も同じくらいある。かれは体重過多のうすいグリーンの肌で、一・二Gの重力下でも、小さな衛星にいるときのように軽々と動いた。

肩の筋肉の筋が、ずり落ちたジャンプスーツからむきだしになっている。棍棒のような腕は汚れていた。

「失敗です！」挨拶もなく、かれは大声で呼びかけてきた。「なにもかも、うまくいきません！　ロボットは食肉工場ではいい働きをするのでしょう。ここではめちゃくちゃです。こうした状況で動物をどう処理すればいいか方法を把握していません。われわれが自分で試すしかないのでしょうか？」

「われわれで二十八体のアルビス牛を解体するだと？　正気か？」ブルー族が文句をいう。「わたし抜きで頼む！　あいつらがどれだけでかいか、わかっているのか？」

かれは銃をかつぎ、いちばん近いグライダーに向かった。

アクテット・プフェストはアルビス牛を指ししめした。それは千八百キログラムはありそうな巨体だった。

「かれのいうとおりだ。われわれ、数名では無理だ。二時間後には気温は三十五度を超える。すべて腐敗してしまうだろう」

しかるべきところで食肉を支給するのを、わたしは断念した。今日《こんにち》のギャラクティカーを旧暦十九世紀のアメリカの鉄道建設の食肉調達係と比べることはできない。付帯脳がすぐに話しかけてきて、はるか昔のイメージをありありと浮かび上がらせた。ー
〈きみは原始的な者たちに、トンネルの掘り方を教えるべきだったな〉無意識の領域から嘲笑するような声が響く。〈週に百頭の牛がいれば、原住の種族は苦難から救われただろうに。ネイティヴ・アメリカンたちのことだよ〉

わたしは思わずかぶりを振った。小太りの男が探るようにこちらを見つめた。

「気分が悪いのですか？」

「とんでもない！」わたしはかれを安心させるようにいった。「アルビス牛をできるだけ早く工場に運ばせてくれ。そこなら通常の方法に沿って機械で処理できるだろう。ほかの作業班の飛翔グライダーに援助を頼んでほしい。開墾のほうには余裕があるはずだ」

プフェストはすぐに行動に移った。公式にはかれが猟のチーフで、わたしは助言を与

えるだけだが、わたしはそれには慣れていた。

わたしが何千年も前にテラに漂着してからずっと、テラの知性体は、特定の指示さえすればちゃんと事態に対処できるようになるのだ。

インターカムが甲高い音をたて、わたしは現実に引き戻された。ベルトのホルスターから装置を引き抜き、画面を開く。

発信者はホーマー・G・アダムスだった。かれはヘレイオス最大の衛星アルカイオスにいた。

そこには安全上の理由から、警備システムの探知機とハイパー通信機が設置されている。

「いい報告です」ヴィッダーのチーフは短く挨拶すると話をはじめた。「いま、《カルミナ》を発見しました。シントロニクスがとり決めた信号インパルスを発信しています。ですが、ペリーは乗船していません」

わたしは思わず、雲ひとつない朝の空を見上げた。まもなく原始林から立ちのぼる靄で視界はさえぎられるだろう。

「乗船していない？」わたしは不安になり、くりかえした。「そうすると《シマロン》の修理が完了したということか」

「そうだと思います。いずれにしても偵察船は《シマロン》を発見していません。《カルミナ》を遠隔制御します。そのままでは防衛システムを突破できないでしょう」

「愚かなことだけはしないように」わたしは警告した。「乗員が失敗する可能性もある。乗員はきみたちの習慣になじんでいないのだ。乗員の顔ぶれは？」

「五名です。それ以上はシントロニクスからの情報はありません。あなたの船を小さな岩の格納庫の前に着陸させます。もちろん……」

「なんだって？」わたしは話の腰を折った。「アダムス、これがカンタロのトリックだなどと思うなよ」

「しかし、それについては計算ずみです！　最初のジャンプ航法が終了したら、直接、乗員に伝えます。いまのところ、最初の解放インパルスしか受けとっていませんから」

「すぐに基地に戻る。コンタクトがとれたら、わたしの機器に話を転送してほしい。問題の者たちが本物かどうか、わたしがきみに教えるから」

「いつからクローンの模造品と本物を区別できるようになったのですか？」

「遺伝子操作されたドッペルゲンガーに対して感じるはてしない不安を、きみたちは修正するべきだ」わたしは強くいった。

アダムスは苦笑した。がっしりとした頭の、うすいグレイの目は、わたしを解剖したがっているようだ。

「修正？　そんなことをしたら命を落とすことになるでしょう。用心するに越したことはありません。格言をお忘れですか？」

かれはスイッチを切り、わたしは落ち着かないまま置き去りにされた。

あたりを探るように見まわす。捕食トカゲの咆哮が静寂を破った。巨大な翼を持つ鳥が獲物を求めて地平の上をすべるように飛んでいく。そろそろ倒したアルビス牛を安全な場所に運ばなくてはいけない。

アクテット・プフェストに別れを告げると、オンドリ・ネットウォンに手を振ってシフトによじ登った。

ヤルト・フルゲンがブリッジの手すりにもたれていた。黒髪が汗びっしょりの額にたれている。

「いっしょにくるか？」わたしは話しかけた。「アダムスがわたしの船を探知した」

「わたしのような熟練の狩人が現場を離れていいのでしたら……断るわけがないでしょう」かれはひやかすようにいった。

ただしわずか一秒後には、かれは自分の言葉を後悔して、謝ろうとした。基本的に愛すべき人物なのだ。

わたしは手を振ってシフトをスタートさせた。牛たちの処理はヴィッダーが自分たちですべきだ。どうしてわたしはいつも他者のために自分の神経をすり減らしてしまうのだろうか？

〈そのとおりだ！〉付帯脳が皮肉をこめていう。〈ファラオに搾取されたピラミッドの奴隷たちのことなんて気にするべきではなかったんだよ。かれらの傷がきみにどんな関係があった？　アルコン人のコスモ・バイオティカでかれらの傷をなおしたりしなければ、神官たちは嫉妬心などおこさなかっただろうに。きみもロバにつながれて、いばらの藪のなかを追いたてられるところだったんだぞ。アルコン人の宮廷道化師《どうけし》は、格別のスケープゴートだったんだ！〉

思わず、恐ろしい悪態が口からもれた。フルゲンはその古い言葉を理解できなかったが、わたしの表情に愕然としている。

「それほど悪気《わるぎ》はなかったのです」かれはまた謝ろうとした。

わたしは怒りをおさえ、付帯脳の意識下のくすくすという笑い声を聞き過ごし、シフトを上昇させた。

フルゲンはしっかりとつかまった。脚が反重力フィールドの気流にとらえられ、巻き上げられる。からだの残りの部分は、もちろん探し出せていなかった操縦士席の背もたれにある程度しがみついた。

わたしはあわててエンジンのスイッチを切り、助けを求めてうめくシントロンの統計学者をなかば開いたキャビンに引きいれた。

かれの長い脚がとたんにさがり、床のプラスティックプレートにぶつかった。フルゲンは勇ましく痛みに堪える。

ようやくシートについたかれは耳もとであえぎながら、まったくよけいな説明をした。

「あれは……重力が戻ったということですよね、おわかりになりますか？」

「いや、わたしは何千年も前から愚かだからな！」わたしは腹立たしくどなった。「そろそろシートベルトをしめたらどうだ？ 急いでいるんだ」

かれは狭い肩のあいだに頭を引っこめた。どこか、おびえた鳥のようだ。

こうした状況で、わたしは草木が生い茂る急斜面の上を、標高三千メートルの高原まで上昇した。

さらに北へ数キロメートルには空を背景に山なみが広がっている。その麓《ふもと》にはるか昔、ハンザ基地が築かれたのだ。

その規模と形からテラのアルプスを思い出した。かの地がもっとも荒々しく美しかったとき、わたしはアルプスを知った。テラナーがまだ自然を破壊するような多様な施設を作る能力を持っていなかったころのことだ。

ヘレイオスの世界はこれまで文明の恵みをほとんど受けていない。

しかし、テラナーがこの楽園を、趣味の狩猟や恐竜乗りを楽しむ銀河系のレジャーセンターに変えるまでに、どれだけの時間がかかるかはまだわからないところだ。

ともかくいま、テラナーはカンタロを片づけなくてはならない！ だが、それほどかんたんではなさそうだ！

5

宇宙船にとって、しかし、なによりも乗員にとって半時間の内に四度のハイパー空間航法をするのは厳しい課題だと考えていたのは、アリ・ベン・マフルだけではなかった。

恒星セリフォスの第十二惑星の軌道に接近したあとは、制御インパルスは一度しか受信しなかった。しかし、船載シントロニクスはそれでどうにか対処できたようだった。シントロニクスは少しあとで届いた大量のデータを高度に暗号化し、解読し、すばやく加工し、明らかに必要な航行座標をプログラムしていた。

未知の自動ステーションによって《カルミナ》は星系全体をジグザグに三度誘導されていた。二度めに飛んだのちには、船は危険なほど燃え上がる恒星に接近していた。いま、四度めのハイパー空間航法が終了した。ハイパー空間から帰還したあと、第四惑星の軌道に近づいた。

恒星からもっとも遠い外側の惑星の軌道で、招かれざる客を出迎えるのが、ヴィッダーのやり方だということはわかっている。惑星間に設置された中継ステーションだけが、正しい座標を示すことができる……各制御シントロニクスがそれを正しく分析できればの話だが。

第四惑星に接近するためには、こうして大きな星系のなかをさまようように飛ぶことが必須だった。

すでに放棄されているアルヘナ基地は、さらに厳重に警備されていた。到着する船は球状星団M－55全体をあちこち飛ぶことになった。

セリフォス星系ではこれほど完璧なことは不可能だが、それでも辛抱強い者であっても、冷静さを失うほどだった。

先ほどの飛行でははげしい振動を生じた。原因は座標の解釈をわずかに誤ったことだった。

アリは怒ってベルトをはずした。そしてすぐに床を手探りをしながら這いまわり、驚くほどはげしく悪態をついている。

「いったい、なにを探しているの？」メインティ・ハークロルがいらだちながら、たずねた。この航法で彼女も影響を受けないわけにはいかなかった。最悪な雰囲気だ。

「なにかって？」アリは動揺した。「セッジ・ミドメイズが埋めこんでくれた右上の犬歯だ。まったく、なにもかもうまくいかない！　みんな、動かないで！」

アリは三名から一度に文句をいわれたが、気にもとめず、自分の歯を見つけた。

うれしそうににやついて歯の隙間を見せながら、かれは技術スタンドに戻った。

「優秀なツナミ・スペシャリストに不可能はない！」かれはいった。

アアロン・シルヴァーマンは考えこみ、周囲を見まわした。

「だれの話だ？」

議論がはじまりかけたが、シントロニクスによって中断された。突然ホログラムがあらわれ、エルトルス人の上半身がうつったのだ。馬蹄《ばてい》形の司令コンソールの前にすわっている。

「火器管制センターです」うなるような低い声だ。「《カルミナ》の自動識別を承認します。暗号キイおよびコマンドの実行にも問題ありません。不足しているのは個人データだけです」

「あなたにも名前はあるの？」メインティ・ハークロルが問い返す。ブルーの目が攻撃的な光を宿している。「がさつなエルトルス人は好きよ」

「個人データをお知らせください」未知の男は動じることなく求めた。「サイコグラムを保存してください。発信を、ただちに！」

「すぐにやりますよ」アアロン・シルヴァーマンが割って入った。ホログラムを見つめる目から、かれが危険をしっかりとらえていることがわかる。

データ全体がシントロニクスから送られた。もちろん、正確に制御された指向ビームを使用する。認識プログラムによれば、通常の通信を使うと、即座に砲撃が開始されるようだった。

エルトルス人は受信データと手もとの分析を確認した。

「われわれのデータと一致しました。待って！　停止していてください」

資料をだれから受けとったか、かれは言及しなかった。結局、タルカン宇宙へ遠征したのはヴィッダーではないのだ。

アアロンはペリー・ローダン、アトラン、そしてアンブッシュ・サトーのような賢い男たちのことを考えた。

故郷銀河に到着したタルカン遠征隊の者たちは、おそらくすでにデータ技術で記録されているのだろう。

ホログラムが消えて、スクリーンが点灯した。

アトランが姿をあらわすと、アアロンは目の端でメインティ・ハークロルがそっと髪を整えはじめたのに気づいた。

アルコン人はモニターにうつる乗員をひとりずつ見ていった。

白ブロンドの髪を少し短くしている。赤みがかった瞳の輝きはほとんどわからない。落ち着いているしるしだ。

アアロン・シルヴァーマンは、一万四千年の歳月が刻まれた表情豊かできびしさもにじむ顔を尊敬の念が高まるのを感じながら見つめた。それでもアトランは若く敏捷《びんしょう》そうに見えた。

左頬についた剣の傷跡は、人類の歴史を渡り歩いてきたことを示す小さな証《あか》しだ。かれはさまざまな形で人類に影響を与え、はじめのうちはかれの専門分野のひとつである宇宙植民地化という課せられたパターンにしたがい、それらを成し遂げようとしてきた。アルコン帝国のさまよえる政務大提督であり、水晶の王子だった当時のかれは、出口の見えない状況下のなか何年もかかってようやく、植民地化できるものはなにもないということに気づいたのだ。

その瞬間から、かれはまだ若い人類のかくれた師となった。しばしばアルコン人の権力手段が必要となり、それを行使することで、古代には異教の神々のひとりとされたことも一度や二度ではなかった。

こうしたことをアアロン・シルヴァーマンは、探るようなまなざしで見つめながら考えていた。かれはアルコン人の唇にからかうような笑みが浮かんでいるのにも気づいた。ヴィッダーの不信感を真剣に受けとめていないようだった。

「おはよう」かれの声が響いた。「こちらは午前十時になるところだ。きみたちが、わたしが求めている者たちなら、姿をあらわすのがどうしてこれほど遅くなったのか、教えてくれ」

「一年のなかで遅いということですか、それとも午前のなかで遅いということでしょうか……どうでしょう？」アリ・ベン・マフルが口を開いた。立腹し、歯の隙間に痛みを感じはじめていた。

「ようこそ、海賊づら。歯が折れているにもかかわらず、その鋭い舌鋒はあいかわらずのようだな」

メインティ・ハークロルは辛抱しきれなくなった。

「この子供みたいな遊びはなに？　なんのために長い旅を続けてきたのか、ペリーが残したメッセージを読めばわかりますよね。わたしの想定が正しければ、あなたのうしろに冒険者たちが集まっていっしょに聞いているのではないかしら？」

アトランは眉間にしわをよせ、あたりを見まわした。メインティのスクリーンには、アルコン人以外、だれもうつっていない。

「いまの話を聞いたか、友よ？　メインティのサイコグラムはほかよりも抜きんでている。そうだ、最愛の者よ、冒険者たちが集まって、ともに聞いている」

「それなら、かれらの理性のスイッチを入れてもらわないと。ごらんのとおり、アリは数週間前に埋めこんだ歯をなくしました。クローン・ドッペルゲンガーにも同じことが起こるでしょうか？」

「絶対にありえません」だれかが主張した。「テスト完了。船を降ろしなさい」

「仲間のなかに賢人がいるのですね？」アリは知りたがった。

「抵抗組織ヴィッダーのチーフさ、そのとおりだ」アトランはにやりとした。「アリ、きみ自身の価値を教えてくれ！」

「純粋なインカの黄金だと、あるアルコン人の皇帝にかつてたとえられました」

「そのとおりだ、当時はもはやそうではなかったが。きみたちの船を自動で着陸させる。制御はいっさいしないこと。ここの安全装置が敏感に反応する。基地へむだなく進入できる特別なプログラムはこれから作成する必要がある。わたしの《カルミナ》の状況はどうだろうか？」

「メインティがすべて輝かんばかりにしてくれました」アアロンがいう。

「精魂こめた血と汗の結晶のようです」親友のアリがつけ加える。「下には、たまたまブロンドではない女性はいるでしょうか？」

「彼女たちは男性の候補者にとってはタブーの存在よ」メインティは最高に美しく笑って断言した。内側から凍りついているような笑顔だ。「大人の男性が詳しく説明してくれるわ」

彼女は映像通信を切り、外部からの指示を受信するためにシントロンの自動制御をオープンにした。

二名の船内エンジニアたちは、音をたててしまったシートベルトで拘束された。すぐに制御がはじまった。

《カルミナ》船内のだれもが、謎に包まれた基地世界での滞在について、ある想像をしていた。噂によれば望むもののすべてがあるらしい。

ただ、この小さな船の乗員の一名は、この大きくふくらんだ期待も確実に水をかけられるだろうと感づいていた。

超空間記号論理学者のメインティ・ハークロルはあらゆる幻想を抱くのをやめていた。災《わざわ》いはタルカン宇宙からの帰還が遅れたことからはじまり、いまやはてしなくつづくと思われた。

ペルセウス・ブラックホールにおける大惨敗は、ペリー・ローダンのような決して弱気にならない男でさえ心が折れるものだった。

メインティは美しくて賢くはかなげだったが、どんなものにも打ち負かされることはなかった。彼女の鋭敏な理解力と直観は、このような問題に経験豊富なアルコン人を説得し、鬱積した空気を打ち破る者として自身を利用するようにいっていた。

かれはすでにあらゆるものの光と闇を体験してきて、かつては見はなされたこともあった。かれはペリー・ローダンやホーマー・G・アダムスとともに、おそらく真剣に打ちこんでいる再起のプロセスを加速させられる方法を見つけるだろう。

《カルミナ》は、着陸床にあった。七百年近く前に完成しかけたままの状態の、岩でできた二十の格納庫のひとつだ。

むきだしの岩壁は、あちこちがケーブル・システムで〝飾られている〟だけで、不足しているところだらけなのが見てとれた。

船のはるか上にある鋼製のスライド式ゲートだけが機能していた。そこに開いた出入口から《カルミナ》は下降してきたのだ。

＊

ヘレイオスは実際、美しく、活気ある惑星だった。ただし、滞在して期待できるようなものはなにもなかった。

まずは食糧問題が優先で、それが解決すれば、技術的にできる範囲内で未完成の部分を補充していけそうだった。

アダムスは何百年ものあいだ、ヘレイオスの基地に設備を追加してきた。しかし、カンタロの権力が拡大するにつれ、かつて計画されていた拡充を完成させることがますますむずかしくなっていた。

タルカン宇宙からの帰還者たちは期待をふくらませていたが、失望することになった。メインティ・ハークロルの正しさが今回もまた認められた。

基地には洗練された技術があったが、アアロン・シルヴァーマンやアリ・ベン・マフルのような若いテラナーが想像していたようなものではなかった。故郷世界のテラについての記憶、たとえば多くの娯楽に満ちた光あふれる都市などに匹敵するものはなにもなかった。

アリはうすいピンク色の塊りのなかで憂鬱そうに歩きまわった。どうにか食べられる凝縮口糧以上のものをヴィッダーは提供できなかったのだ。

むきだしの岩壁の食堂は殺風景《さっぷうけい》だった。天井をはしる空調設備のパイプは確かに機能していたが、考慮に入れられるようなものではなかった。

「ヘレイオス発作よりは、宇宙発作のほうがましだ」アリは主張した。

うんざりしたように、かれはプラスティックの皿をわきに押しやった。飾り気のないテーブルのプレートは繊維を強化した合成素材製で、表面はテラの木目の見える天然木の根に似ている。

アアロンは人差し指の先を液体に浸すと、指先を円形にした。

「ヘレイオス・コーヒーだ」かれはひやかすようにいった。「まだ《カルミナ》で勤務することに反対しているのか？」

アリは弱気になったような笑い声を無理にたてたが、前方に目を向けると、黙りこんだ。

入ってきた女性は若く長身で、あらゆる点で目を引いた。肩まで伸ばした髪が広角の強いライトに照らされ、暗い銅のように輝いている。

「おい!」アリは息がつまったようにささやいた。「わたしをしっかりつかんでくれ! 狂気の沙汰だ……彼女がまっすぐこちらにやってくる。わたしは……くそっ、歯はどこだ? 歯をよこせ! おまえ、歯をかくしただろう?」

「あんたのところにくるのか? 口をとじていろ。彼女はきっと婚前契約をしているはずだ。ああ、契約の権利者がすでに彼女のあとを追っている!」

「あいつか?」アリは放心したようにあえいだ。「痩《や》せおとろえたレーザービーム? ありえない! わたしは……」

ちょうどこの瞬間、女性のあとを息を切らしながら追いかけてきたプロフォス人が、傾《かし》いだテーブルの脚につまずき、床に倒れた。しかし、かれは頭を高く上げ、信じきったようなほほえみを美女に向けることができた。

「フルギー!」彼女はまったく驚いていないようにたしなめた。「それはしないといけないの?」

彼女は息をのむような腰の揺らし方をしながら、たおれた男に近づき、ひどく長い足で立とうとするかれを助けた。

アアロンはひきつって、咳《せ》きこみはじめた。アリは無造作に歯の隙間をむきだし、女性は慣れた手つきで、足を引きずるプロフォス人をうしろ手に引きずってきた。

「わたしはオンドリ・ネットウォン」彼女は自己紹介した。その褐色の瞳はあまりに淡々として探るようで、幻想も抱けないものだった。

アリ・ベン・マフルのなかで摩天楼《まてんろう》のようだった希望的観測が崩れ落ち、アアロン・シルヴァーマンは生体解剖されているような心地になった。

《カルミナ》のエンジニアたちは、オンドリの次の質問で現実をはっきり見せつけられた。

「アトランを探しています。かれはどこにいますか？　ああ、そうね……こっちはヤルト・フルゲンよ」

「きみたちは正真正銘のテラ生まれだね？」ヤルト・フルゲンは友たちに話しかけた。うれしそうな表情だ。「お会いできてうれしい。いつか遠い昔の話をしよう。わたしはテラにはいったことがない」

「アトランはどこですか」オンドリは質問をくりかえした。「あなたたちの耳は、足の裏にあるの？」

アリの最後の夢が崩れ去った。アアロンもまた、特殊なタイプの女性が前にいることに気づいた。

「《カルミナ》だ」かれはあわてて答えた。「ペリーが残したメッセージを聞いている」

彼女はうなずき、習慣になっているようなやり方で、わきにさげたベルトホルダーにかかったビーム銃のぐあいを調整した。

「ソル転送機をどう思う？」フルゲンはすぐにたずねた。

「ソル転送機？」アアロンは理解できないようにくりかえした。

フルゲンの表情がみるみる変わっていった。当惑した笑みが消え、なにか求めるような目つきをした。

「ペリーの依頼で、アトランから《カルミナ》の飛行データを手わたされ、わたしはそれを分析した。きみたちはソルの前にいたのだろう？　ペリーは《シマロン》を受けとりにいき、アトランの船をここに送るよう、あんたたちに指示した」

「なぜわたしたちの偵察隊はあなたがたを発見できなかったのかしら？」オンドリがいった。彼女の目に疑念が浮かんだ。「あなたがたは長いあいだシシュフォスにいたのでしょう」

アリ・ベン・マフルは辛抱しきれなくなった。

「落ち着いて、親愛なるヴィッダーの女戦士よ！　われわれは尋問を受けるためにここにいるのではない。もちろん、きみたちのボートは探知したが、原生林にかくしておくのがいいとなったのだ。そこには、だれでもいける！　われわれは十月二十日にここに到着するべきだった、それだけだ。質問に戻ろう、フルゲン。いったい、どのソル転送機の話をしているのだ？　われわれは眺望ホールのような、太陽系の目玉焼きは発見した」

フルゲンの細い顔がゆるんだ。その思考は高速回転していた。かれは突如、別の者になっていた。

「申しわけない」かれはいった。「《カルミナ》のシントロニクスがハイパー空間に脱出する前にある物体を発見したことをまだ伝えられていなかったのだな。それがいま話したソル転送機だ」

「いくわよ」オンドリは急いで決断した。「お望みなら、どうぞいっしょに。アトランも驚くわ。わたしの知るかぎり、ホーマー・G・アダムスはソル転送機の存在についてこれまで触れていなかった。アトランは、ペリーの報告でいまはじめて知ったのね！　大騒ぎになるわ！」

アアロンは皿を脇に押しやり、通信ヘルメットに手を伸ばした。同時にインターカムが音をたてた。

ベルトホルダーから引っ張り出して、モニターを広げる。連絡してきたのはアトランだった。

「ヘレイオスの司令室に到着した。ここに連絡してくれ。ニュースがある」

「ソル転送機のことですか」アアロン・シルヴァーマンが皮肉をこめてたずね返した。

「ああ、もう噂が広まっているのか？　隣りにいるのはだれだ？」

「ヤルト・フルゲンです」プロフォス人が装置に向かって話した。「オンドリもいます。アトラン……あなたがソルの設備について聞いていなかったとは知らなかったのです。わたしは二年前にホログラムで見ました」

アトランは無表情のままだった。

「知っていたら、きみがわたしに教えてくれたのだろうな？　順調だ、ありがとう。ペリーからアンブッシュ・サトーの分析結果を受けとった。かれを知っているだろうか？」

「はい、優秀な科学者です。ウウレマで会いました。かれがなにを発見したのですか？」

「ほとんどたいしたことはない。ただ、そうした建造物が存在するということだけだ。それについてなにか知っているかな？」

「管理事業部シントロニクスの秘密の暗号メモリからとり出せたものはすべて。多くの糸がスティフターマンⅢでつながっています。中央司令室にいきます。それでいいでしょうか？　ところで……オンドリは以前、ソル転送機にいたことがあるのです！」

「そこにかなり近い場所ということです！」彼女は訂正して、アアロン・シルヴァーマンの手から通信機をとり上げた。「ちょうど宇宙ステーションの転送機の出入口に入ろうとしていた輸送宇宙船をハイジャックしたのです。でも、わたしたちは脱出を優先させました。ふたりの男が逃げ遅れて消失しました。ただし、輸送船の乗員は無傷のままでした。そのときから、わたしたちはそうした作戦を控えるようになったのです」

「こちらにきてもらえないか」アルコン人は強調した。「ずっとよくなるだろう！　そんな大事なことをペリーやわたしに知らせないとは、なんと愚かなんだ。アアロン、アリ、大至急だ。きみたちが必要だ。これ以上、質問はしないこと。以上」

＊

アトランは目の前に迫った議論の対立をやわらげようと心をくだいていた。

　ホーマー・G・アダムスは明らかに口実を必要としていた。ソルの転送ステーションについて話さなかったのは、利用の技術的な面で生産性が低かったからだとかれは発言したが、みなに真実を見抜かれていた。

一方確かなのは、ヴィッダーのチーフが、タルカン宇宙への遠征者たちがソル転送機に手をだそうとするのを阻止しようとしていたということだった。

かれはローダンの大胆さを昔から知っていたし、アトランの無謀な作戦についても記憶によく刻んでいたからだ。

結局、アダムスはヴィッダーの立場をあやうくすることを恐れていたのだ。それはとにかくやっかいなものだった。

それがNGZ一一四四年十月二十日の状況で、午後の遅い時間だった。

ヤルト・フルゲンはみじめな心持ちで、とくにアダムスがシントロンの統計学者であるかれから重要な追加情報を得ていたときには、かれは自身が詐欺師のように感じた。アンブッシュ・サトーは《シマロン》がスタートする前に、《カルミナ》のシントロニクスの探知データを分析していた。

そこから判断すると、ソル前方の空虚空間にある謎に満ちた転送設備が、故郷である太陽系内部に通じる唯一の通路のようだった。

聞いている者たちは、アトランのような男はすぐに反応を示すだろうと明白に感じた。

メインティ・ハークロルは無言で司令室を出ていった。そろそろ《カルミナ》のスタート準備が整ったと勘づいたのだ。これ以上アルコン人をヘレイオスにとどめておくことはできない。かれの内心がすでにはやっている。

オンドリ・ネットウォンもそれを感じとっていた。女たちは特殊な直感を発展させているようだった。

十七時、アトランは会議をお開きにした。

アダムスは大きな制御コンソールのうしろにすわり、落ち着かないように長身のアルコン人を見つめた。

「なにを考えているのですか？」

アトランは真実をかくすことにした。

「いまはペリーと協議するころあいだろう。かれがここにこないことを了承してほしいということだ。かれはまだ、自分の細胞活性装置のせいで、きみたちを危険にさらすことになると確信しているのだ」

アダムスは考えこんで、うなずいた。疲れきった微笑からその心情が伝わってくる。

「わかります！　かれとあなたのような男たちを基地の世界にとどめておくのは不可能です。ペリーの懸念がどれだけ正しいかは、いずれ判明するでしょう。かれによろしくお伝えください。もちろん、あなたにとって、ソル転送機のより詳細な調査は急を要するのですよね」

「そのうち、わかる」アルコン人ははぐらかした。

アダムスは笑い、同時に咳払いした。とくに陽気な響きでもなかった。

「確かに、そうでしょうとも！　なにをいおうとしているか、わかりますよ。つまり、あらかじめ定められた座標の交点で会い、三隻の宇宙船で、われわれが六百年以上かけても成功できなかったことを究明しようとしているのですね。われわれはこれまで一度も、ヴィッダーの工作員にソル転送機を通過させられたことがありません。もちろん、あなたたちはそれについて異なる考え方をしていますね」

「ひょっとするとファンタジー的な考え方かも」アリ・ベン・マフルがそういうと、アトランにとがめられるように見つめられ、黙った。

「まさに、そのとおりだ」アダムスはうす笑いを浮かべた。「あなたはNGZ四四七年にスタートしたときと同じ若さと活発さで戻ってきました。せめて、あなたたちが生みだした渦にわれわれが吸いこまれないように注意してください。なによりも、カンタロを軽視しないように」

「テラのホールの悪魔め！」アリがふたたび立腹した。「あなたやあなたの仲間に対する尊敬の念にかけて、アダムス……われわれも、どういう関係があるのか知りたい。だが、発言は撤回します」

「でも、いったわよね！」オンドリ・ネットウォンが割って入った。その声には感情がこもっていた。「いいわ、わたしたちが怠惰だというなら、ひどいめにあうわよ。補給の状況はどうなの？」

「エネルギーは充分、食糧は不足するだろう」アトランは彼女の言葉にしなかった質問に答えた。

彼女がアトランに向けたまなざしにアアロンは内心、動揺した。メインティ・ハークロルも同じような目つきでアルコン人を見つめている。この古代から生きる者のなにが、一万三千年も若い人類を惹きつけるのだろうか。

「たぶん、最初の小さな収穫で採れる新鮮な野菜と、アルビス牛の肉をあなたに置いていけるでしょう」オンドリが提案した。「これから毎日、狩りに出かけるわ」

アダムスはうながすような彼女の視線を感じた。アダムスに選択肢は残されていなかった。

「了解した！　難関を切り抜けられそうだ。これで問題点は片づいただろうか？」

アトランと二名の船内エンジニアはその場を去った。実際、そのやりとりは口論に近いものだったので、陰鬱な気分が残った。

二時間後、岩の格納庫に最初の新鮮な食糧が到着した。水の受け継ぎはすでに完了している。メインティは念のためロボット部隊に特殊タンクの洗浄と再生設備の点検をさせていた。

アトランは奇妙な形の船の基部にある小さなエアロックの前に立っていた。

オンドリ・ネットウォンは洗いたての迷彩コンビネーションを着用している。これまでにないほどバス＝テトのイルナを強く思わせる。

「わたしは……つまり、わたしたちはいつでもあなたのお役にたつように控えています」彼女はつかえながらいった。いつもの自信が消え失せている。「出動のさいには、わたしも使っていただけないでしょうか？」

かれは無言で首を横に振った。彼女はふっくらした唇にどうにか笑みを浮かべると、うなずき、くるりと向きをかえて去っていった。

アルコン人は彼女の姿が見えなくなるまで見送った。逃げ去るかのような姿だった。テラの女たちのことが頭に浮かんだ。さまざまな時代を放浪しているあいだに出会った女たちだ。魅了されたのはみな、オンドリ・ネットウォンやバス＝テトのイルナのような者たちだった。

かれは彼女たち全員より生きながらえている。心から愛した者を失わなくてはならないのは、かれの運命の定めだった。

6

アトラン

アルコンの古代の神々に讃美と感謝を……眼前にセリフォスの第十二惑星の軌道があった。

しかし、あふれんばかりの感情のコップには、一滴の憂いが残っている。オンドリ・ネットウォンの態度が心の琴線《きんせん》に触れた。いろいろあるが、ホーマー・G・アダムスとその仲間を、いわゆるソル転送機ゆえに非難して、そっけなく扱ってしまったが、それは正しい情報にもとづいたものだったのだろうか？

アダムスの論理を否定することはできなかった。転送機がレジスタンスにとっての利点はすくないという、かれの話は正しい。だから、かれは賢明にも手を引いた。

〈また自分に正直になれないのかな？〉付帯脳が嘲笑した。〈それでもそこに行きたいのだろう？〉

ほかの生物には聞こえないこの話がつづくあいだ、わたしははげしくかぶりを振っていたにちがいない。アアロン・シルヴァーマンが両手を上げた。

「ちょっと、わたしは丸腰です！」

メインティ・ハークロルはいつものようにわけ知り顔で微笑した。彼女はオンドリ・ネットウォンとは正反対だった。ただしふたりに共通しているのは鋭敏な頭脳を持っていることだ。

「アトランの歴史を知っているなら、付帯脳についても聞いたことがあるはずよ」彼女は二名の船内エンジニアに説明した。

困惑した状態でなにがいえるだろうか？　想像力を働かせる必要もない。シントロニクスが警報を響かせた。

船内監視システムのスピーカーから奇妙な声がした。クビライ・カアンのテントで女たちが嘆いていたときの声を思い出すような音だ。

メインティの指が司令コンソールのキイボードの上をすべる。スクリーンが光った。倉庫のエリアの通常のエネルギー網が自動的に切れた。赤いライトがはげしく点滅する。

「貯蔵庫セクターに未知のものがあります」シントロンが淡々と告げた。「当座の危険はありません」

遠距離映像に切り変わった。動きを吸収する固定装置に吊るされた牛の半身がうつった。加工ロボットが骨をとり除いたが、詰めこむ場所を小さくするための乾燥加工は、わたしの要望で行なわれなかった。一度乾燥させてからもどした肉は味がなくなってしまうからだ。

叫ぶような声は続いた。言葉がきれぎれに漏れてくる。

巨大なアルビス牛の半身に尖った膝がふたつ見え、その下に驚くほど細長く、底の厚いサーモ・ブーツがあった。

ヒューマノイド型と思われる生物の残りは、牛の半身にはまっていた。半身は骨がはずされ、冷凍の過程がはじまっていたことで変形し、チューブのようになっている。

「この足、見覚えがある！」アリ・ベン・マフルは驚いた。「オンドリの痩軀の崇拝者にちがいない。どうして突然、あいつがわめいたかわかるか？　予冷から冷凍保存にスイッチが切り替わったところだったんだ。だが、急いでいこうぜ」

アアロン・シルヴァーマンとアリ・ベン・マフルは司令室を駆け出した。ふたりとも、待機中の船内ロボットを使おうとは思わなかった。

ブロンドの天使、メインティ・ハークロルは両手を唇にあて、涙がこぼれるほど大笑いした。

なぜか、わたしは心をかき乱された！　この船ではどんなものに対しても抵抗力をなくしてしまうのか？　この連中を引き継いで以来、次から次へと驚きの連続だ。

アリ・ベン・マフルとアアロン・シルヴァーマンにはくだらない話をする才能があった。ラコ・レジャーノは親切な父親のような寛容さを示し、ハーム・フォールバックはその機嫌が神経にさわり、メインティ・ハークロルはわたしのことを二百歳の祖父のように世話をしてくれる。

〈二百歳？〉付帯脳が甲高く笑った。〈それだけ？　きみはおおよそ十四万歳じゃないか。この連中が気にいらないなら、アヒルを探すべきだったね。こいつらはテラナーだよ！〉

わたしは不満な気持ちを押し殺し、メインティの笑いの魅力にしたがった。

スクリーンに息をのむような光景がうつしだされた。二名の若いテラナーが、ひどいめにあったヤルト・フルゲンを牛の半身から引きずりだすようすは信じがたいものだった。アリが硬く凍った肉を危険なヴァイブレーション・ナイフで切っていく、きしむような音が聞こえてくる。

密航者はどのようにこの処置を生きのびたのだろうか？　軽量耐熱耐圧スーツの一部が見えたとき、その方法は明白になった。

このモデルには防御バリアがなく、高エネルギー冷凍保存ビームが使用されたさいには、プロフォス人は大変な思いをしただろう。新鮮な食品の風味を損なわないように、マイナス二十度まで予冷してから使用するのだ。

アアロンが牛の半身を引き裂くと、アリがフルゲンの足をつかみ、上半身が開口部から下に滑り落ちるまで引っ張った。

その後、ほとんど動けないシントロン統計学者を保存室から引きずりだし、ハッチを閉めた。赤い警告ランプが消え、フィールドが生じた。

わたしは無言で制御装置を見つめた。間近に迫っていたハイパー航法は延期せざるをえなかった。

メインティはヘレイオスに通信をつなぎ、だれを見つけたか伝えた。でぶのアクテット・プフェストが機器についていた。

「牛の半身に?」かれはうなった。「かれならではだ! かれはあなたの船を壊すでしょう! 賭けてもいい。よし、チーフに報告しよう」

かれはスイッチを切り、わたしは船内通信でアリを呼んだ。

「フルゲンは大丈夫だろうか?」

「まだ悲鳴をあげています」船内エンジニアはぶっきらぼうに返事をした。「耐熱耐圧スーツに救われました。船内クリニックに連れていきます。医療シントロニクスが低体温症の治療をします」

ハイパー航法は半時間遅れて開始された。目的地は惑星シシュフォスのあるメガイラ星系だ。

ローダンはペルセウス・ブラックホール付近でわたしを待つという当初の計画を、報告の最後の一文で修正していた。

わたしはローダンが太陽系に飛びたがっていることは知っていた。そこからならオリオン゠デルタ星系まで一直線に旅を続けられる。

われらの旧友のガルブレイス・デイトンが本当にそこでかれを待っているかどうかは、まだわからない。

わたしは、ロワ・ダントンが受けた不吉な通信メッセージが真実だと信じきれていなかった。細心の注意が必要だ。

＊

赤色矮星メガイラは、まるでキュクロプスの陰険な目がこちらを見つめているかのようだった。

こういう星がわたしは好きではない。災いが迫っていると感じるからだ。

NGZ一一四四年十月二十一日。船内時間十五時を少し過ぎたところ。

《シマロン》は数分前にわれわれのハイパー探知システムで確認された。ロワ・ダントンの《モンテゴ・ベイ》は第三惑星のそば、遠方で安全確保のために飛行している。

シシュフォスでは、われわれの集合を妨害するようなことはなにも起きていないようだった。薄暗いジャングル世界に残された自動センサーは、アアロン・シルヴァーマンが確認すると、満足のできる報告を通信で送ってきた。

楔型の《シマロン》は、メタグラヴ・エンジンの強力な逆噴射で適応機動を完了した。探知スクリーンで、さまざまな色の放射線が花火のように目がくらむ光をはなっている。

「だが、それはひどく軽率ですよ！」密航者は即座にいきりたった。

低体温症と循環不全から回復したヤルト・フルゲンは奥の非常用シートにすわっている。その細い顔はまるで学校の校長のようだ。わたしは本能的にかれが人差し指を立てるのを待ったが、社会学者かつシントロン統計学者がそこで我を忘れることはなかった。

その肩書は驚くべきものだった。つねにおびえたように見えるプロフォス人だが、より近くで接すると、すぐにその本当の性質に気づくことになった。かれのような男が、しばしば人類史に影響を与えてきたのだ。

アリ・ベン・マフルとアアロン・シルヴァーマンは〝フルギー〟と友情を築いた。わたしはのちに、このかれの名前を短くあだ名にしたものが、実はオンドリ・ネットウォンによる命名だと知った。

「あんたみたいな氷おばけは、ペリーのような温血動物に腹を立てるべきではない」アリは警告した。「ペリーはすでに、自身がヴァーチャル・ビルダーのスイッチを入れない理由を把握している」

「かれは本当にいい機器を持っているのだろうか？」

わたしは思わず身震いした。ヤルト・フルゲン、この真価を認められていない天才はまさに急所をついていた。忍耐強い微笑も、その目に浮かぶ皮肉をとりつくろうことはできていない。わたしはアリの返答が気になった。

「ロワ・ダントンの《モンテゴ・ベイ》に遭遇するまでは、われわれはそう考えていた。かれの機器は、本質的にずっといいものだったんだ、難癖屋め！」

「このわたしはそういわれるような存在なのか？」フルゲンは驚いた。「だが、それはわたしの意図するところではない。この船もとても古いはず、そうだろう？」

「われわれのスペシャリストたちは、改善のための提案に感謝している」わたしはうまくヴェールに包んでいった。フルゲンは抜け目ない。「ペリーから、質問したいことがたくさんありそうだ」

アアロンは振り返った。人差し指を立てている。

「若者よ、われわれ立派な紳士は、基本的にあなたよりすくなくとも六百九十五歳は年上だということをお忘れなく。この差は決して埋められない」

「ひょっとすると、停滞フィールドでのことかな？」フルギーは愛想よくほほえみながらいった。「わたしの現在の年齢の二十九年間を加えると、そうか……！　きみたちふたりとも二十五歳だな？」

「立派な標本だ」アアロンは訂正した。

「どうして牛から滑り出てきた者がそんなことを知りたがっているのだ？」

聞き覚えのある声で会話が中断された。ローダンが聞いていたのだ。メインティが映像通信を安定させていた。ブレーキ制御による障害はやんでいた。

「ようこそ、アルコン人。どうやら、お元気そうですね」

わたしはかれの顔をじっと見つめた。その顔には心配によってできたしわが深く刻まれていたが、細胞活性装置によって、いずれなめらかになるだろう。それは今までの経験からわかっている。

「状況はどうだ、ペリー？」

「混乱しています。でも望みがないわけではありません」かれは主張した。「ペルセウス・ブラックホール付近をまわりましたが、カンタロのシュプールは発見できませんでした」

「そう見えるだけだ！」わたしはあえていった。「銀河系のあるじたちは、きみがソルを偵察しているときにすでにきみに発光現象を見せつけた。そうして本質をはぐらかしているのだ」

かれは哄笑《こうしょう》した。肩が上下しているのでわかる。

「そのとおりです！」かれは認めた。「サトーの分析で、当初は控えめだったカンタロの戦艦があれほど早くあらわれた理由がわかりました。だれかが、物質的に安定したものを障害なく特定するのを阻止したかったのです」

「だれか？」わたしは疑念を抱いた。「いわゆる〝宿敵〟のことか？」

「まさに」かれが、わたしの推測を認めた。あまりにもすんなりと、当然のようにかれの唇にのぼり、わたしはふと考えこんだ。

ペリーは幻を追ったことなどない現実主義者だ。

「まあ、いい」わたしはためらいながら、譲った。「いまはよしとしよう。《カルミナ》ではすべて順調だ。ここ数週間の経験についてはすでにたっぷり話した。イホ・トロトは自身の種族の運命を明らかにしたがっている。ヘレイオスの状況は進展している。まもなく造船所が使えるようになる。二週間で稼働できるだろう」

「いい展望ですね、友よ」かれは安堵の息をついた。「この種のニュースはまだありますか？」

「アダムスと部下たちが二カ月半で最初の大きな収穫を得られたら、食糧供給を安定させられるだろう。入手不可能なあらゆる補充品は、すぐにあわせて製造できる」

突然、ロワ・ダントンが《カルミナ》の司令室にホログラムであらわれた。かれの司令室の一部も見える。

かれは通常の船内コンビネーションを着用していた。かぶりものだけは、他者を驚かせる習癖を表すようなヘンリー八世の時代のものに似た平たい帽子だ。

しかし、それについて話すひまは与えられなかった。

「お久しぶりです、父上！　突然、司令室を訪れてしまい、申しわけありません。いいご報告でしたが、わたしの関心と重なるところはほとんどありませんでした。フェニックスでは充分、補給できました。いつでもそこへ飛んで、倉庫をいっぱいにしてください」

「ところで故郷銀河の防御壁は突破できるのだな？」

かれは肩をすくめた。ロワはいらだっていた。

「依然としてリスクはあります。だから、ここの悪の領域に残っていてください。われわれが最終的に前進していかなければ、そこは悪のままでしょう。あなたと尊敬する父に、自称ガルブレイス・デイトンの招待を受けることを提案します。かれは十一月中旬にオリオン＝デルタ星系にいくといっています」

かれは黙り、皮肉のこもった視線を向けてきた。ローダンは通常の映像通信を維持していた。かれの心情は察せられた。ソル転送機についての知識がかれのなかで地獄の炎のように燃えさかっているのだ。

「十一月中旬か！」ローダンはロワの言葉をくりかえした。「ハイパー航行の二回の中断を含めて、三日でわれわれはソル転送機の前に出られるだろう。この中断は、すくなくとも一度は作戦会議のために使うべきだ。発見されたソル転送機についてのヤルト・フルゲンの発言は実りがあるものになるだろう。これがわたしの計画だ！」

ロワ・ダントンは声を押し殺しながら笑った。かれは状況を正しく把握していたのだ。

「同じ考えです！　では、まだなにを待っているので？　メガイラ周辺の宙域には敵はなく、放射も探知していません。グラヴィトラフ貯蔵庫をあらためて満たし、すべての装置を点検したら、スタートするべきです。フルゲンは中間静止ポイントに到達するまでに、どれだけ実りがあるものを伝えられるか、伝えたいか考えられるでしょう。いいかな、プロフォス人？」

フルゲンは立ち上がり、記録装置がとらえられる範囲に入ってきた。いま、かれの姿がほかの二隻の船からとらえられるようになった。かれはていねいに挨拶した。《カルミナ》に乗船していることについての説明は避けられない。

二名の細胞活性装置保持者に、すでにわたしが聞いたことをかれは説明した。船に忍びこんだのは、ヴィッダーにまともに相手にされないことにうんざりしたためだった。

かれは戦士になりたかった。カンタロの暴政に対して、積極的に抵抗したかったのだ。

「そうか、そうか」ロワ・ダントンは伸びをしながら口をはさんだ。「バスティーユに手ずから攻撃の開始を告げたいというわけか？」

フルゲンは〝攻撃〟という言葉しか理解できず、そのほかのいいまわしはわからなかったが、器用にごまかした。

「ソル転送機はホログラムで何度か見たことがあります。内部装備や転送能力についての詳細な情報は、データブロックとして与えられました。スティフターマンⅢの完全スポークスマンに状況の変化を知らせることが、わたしの統計記録任務のひとつでした。そのため、わたしは巨大ポジトロニクス、ネーサンの巨大記憶装置を部分的に使用することができたのです。もちろん、コンタクトに成功したあとは、許可されている以上に深く侵入しました」

ローダンにとって、ほとんどがはじめての話だった。かれの目ざめている意識がわきあがりはじめているのを、わたしは見てとった。かれは突然、瞬間切り替えスイッチ内蔵人間になった。

「完全スポークスマン？」かれはフルゲンの暗示をすくいあげた。

プロフォス人は、はじめて会ったときにすでにわたしが考えさせられてしまった笑みを浮かべはじめた。実際、なぜこの若者は自分が戦士ではないなどと思ったのだろうか？

「本当に地位が高く、影響力のあるカンタロをそう呼ぶのです。かれらは命令します！

スティフターマンⅢのボルヴェルショルもそのひとりです。あなたがたにもかつて、提督という権力者がいたでしょう。ソル転送機にはつねに完全スポークスマンが常駐していました。それが施設の重要性を裏づけています」

「かれは今もそこにいるのか?」

わたしはあきらめてシートにもたれた。フルゲンはローダンが見すごすことのないエサを投げ入れてしまった。

「ステーションがまだ存在するなら、確かに。なにか提案できるとすれば……」

「なんだ?」ロワ・ダントンは乱暴に言葉をさえぎった。もちろん、統計学者がなにを考えているのか気づいている。

フルゲンは目に見えて驚き、助けを求めるような視線をこちらに向けた。

「そのまま進めるしかない!」わたしははげました。「いわゆる戦士になりたければ、計画を実行しつづけることだ。ただし、間違っていたかもしれないという思いが生じたなら、嘲笑を浴びるかもしれないなどと躊躇《ちゅうちょ》することなく、すぐに修正するのだ」

「数千年間の知恵ですね」ローダンがひやかす。「円卓の騎士の演説のようです。ひょっとしてアルコン人もそこに同席していたかもしれませんね。それでフルゲン、なにを提案したいのだ?」

「たいした目的もなくステーションに進入するという考えをあきらめるのです。情報を得ることも、本当の成功を収めることもないでしょう。どうせ進めるなら、意味がなくては。わたしの論理がそう語っています、すみません！　わたしだったら……つまり、本当に重要なカンタロを一名、捕らえることだけに集中するでしょう。しっかりまとめた尋問をすれば、ソル転送機が本当に星系に入る唯一の方法なのか、聞き出せるはずです」

フルゲンは突然黙りこんだ。顔は汗びっしょりで、細い手は震えている。わたしはかれにうなずいた。メインティは意味深げな視線を向けている。彼女はすでに長所短所を計算していた。

ローダンも感心していて、かれの返事がそれを示していた。

「目的もなく進入するわけではない、若い友よ。きみの発言にはどこか不快感を覚える。〝しっかりまとめた尋問〟とはどういう意味だ？」

沈黙が重苦しくなった。付帯脳が中世の拷問をちらつかせる。

その点、テラナーはまさに名人だ！　フルゲンもそれを考えていたのだろうか。あるいは自身の先祖の世界の出来ごとについて、まったく知らないのだろうか？

いや、かれはそれについて聞いていた！

「あなたが考えているようなことではありません」かれはあわてて断言した。「カンタロは、ふつうのギャラクティカーのようには尋問できません。生体工学的な構成要素とハイパー技術的に設計された技術組織体を考慮する必要があります。ダアルショルに対する措置は間違っていました！　それについてはいくらでも話せます」

「あとで」ペリーはいった。かれは、ヤルト・フルゲンという人物が、われわれにどれほどの黄金のかけらをもたらしてくれたか承知していた。かれは銀河の権力中枢の源にいたのだ。「きみのアイデアはいいものだ。ソル転送機の指揮官に集中してみよう。サトーの探知分析では、正方形の宇宙ステーションのようだ。一辺の長さは約二キロメートル、厚さはそれに比べて控えめで、約二百メートルだ。実際の転送機のエアロックは正方形のちょうど中心にあるようだ。直径五百メートルの丸い開口部だ。それで合っているだろうか？」

「驚くほど正確です」ヤルトは内心、安堵して嘆息しながら認めた。かれは自信をとり戻した。「強度が低いのは転送機の機能に理由があります。完全スポークスマンの席がある司令室は基地の端にあり、エネルギー・セクターから遠く離れています。そこには、長さ百メートル、高さ三十メートルほどのたいらな円盤のふくらみのようなものがあります。わたしが知っている最後の完全スポークスマンの名前はムルサトショル。強大なカンタロです」

「その者を捕らえなくては」長い沈黙ののち、ロワが口を開いた。「信じがたい！　少年はひどくあっさり〝捕らえる〟と口にする。最初の中間静止ポイントで詳細を話しあえるでしょうか？　いっしょにいったほうがいいでしょう。できればわたしの船で。《モンテゴ・ベイ》では快適に過ごせますから」

フルゲンは尋問から解放された。かれは、知っているデータをすべて解読しようと約束した。そのため《カルミナ》のシントロン結合体を使いたいと求めた。

われわれはさしあたりの出動のための会議を終了し、実務的な話題に移った。

ロワ・ダントンの球体船の上で宇宙が裂けた。ハイパートロップの典型的な漏斗《ろうと》状の吸引ビームがアインシュタイン構造を突き破った。膨大なエネルギーが複雑で繊細な輸送経路を通り、グラヴィトラフ貯蔵庫へ運ばれ、そこで蓄積された。

アアロン・シルヴァーマンとアリ・ベン・マフルがわれがちに愚痴をこぼしはじめた。ロワの流入方法が早すぎて、こちらの回路がまだ調整しきれていなかったのだ。つづいて《シマロン》の吸引ビームがわれわれをとり囲む、まったく空虚ではない漆黒に入ってきた。

強力な構造震動でわれわれの探知の性能が落ちていく。あふれるようなメタグラヴ宇宙船は、貯蔵庫を満たす瞬間にきわめてもろくなる。

ハイパートロップの通過強度によって、数光年も離れたところから探知されることもある。ハイパースピードの高活性放射を除くことはできない。

《カルミナ》のなかでも音が低く響きはじめた。頭上高くに三本目の、まばゆく光る白い高エネルギー漏斗があらわれる。

花火だけで充分状況を伝えるものになっていたが、さらに悪いことに、この運用段階では、探知システムがまったく作動していないという事実があった。干渉が大きすぎたのだ。

そのため分別のある指揮官たちは、補給のときは、できるだけ平衡ポイントから離れた宙域を選ぶ。

われわれはそうした宙域を発見できたようだ。しかし、小さなメガイラ星系が発見されずにいるかどうかは疑問だ。

ローダンもそれを計算していた。

作戦が終わると、かれはあらためて報告した。

「幸運だった！」かれは淡々と伝えた。「さあ、ここから出よう。出動用意。確認した座標を正確に守るように。さもないと、空虚空間に戻るまでに、延々と時間がかかってしまうぞ」

《シマロン》は全速力でスピードを上げた。数秒後、船はスクリーンから消えた。

われわれはシントロン制御であとを追った。どんな生物も、シントロン技術の驚異的な作業ほど正確に超光速の座標を維持することはできないだろう。

7

アトラン

ペリー・ローダンのような男に、一度決めた計画を思いとどまらせるのは至難の業だ！　かれはナポレオンの甲騎兵のように悪態をついた。しかし、ロワ・ダントンとわたしが手をゆるめることはなかった。

問題はペリーのいわゆる宿敵で、それについてペリーは、自分の細胞核の活性装置が探知されうると主張し、それにもとづいてわれわれの計画は成り立っていた。

ロワとわたしは二度の中間静止ポイントとそれに伴う会議で、ソル転送機の計画にローダンの積極的な参加は阻止しようということで、意見が一致した。

ペリー・ローダンはまだ必要なのだ！　故郷銀河の混乱を終わらせられる者がいるとするなら、それはかれだけだ。その命を危険にさらすことは許されない。

そのためわれわれは、かれにはただ傍観者としての役割しか負わせられないと、かれを〝説得〟した。宿敵についての話も、かれは否定できなかった。

ヤルト・フルゲンは自身が特別な天才だと証明した。かれのデータ、コンピュータの図、言葉による情報によって、われわれは多くを得られた。

かれは故郷銀河の種族が〝管理事業本部〟をどのように理解しているか説明し、ギャラクティカーの史上最大の犯罪である、遺伝子プログラムによる知性体の計画的繁殖について明らかにしてくれた。

数十億ものギャラクティカーが、すでにカンタロの意思にしたがって形成されていて、その数は増えつづけていた。

ソル転送機は間接的に二の次とされていった。ある程度理性的な思考をする生物はみな、出動のさいに、まったく未知の巨大な形成物を探検し、究明しようとすることがどれほど成功の見こみのないことか想像できる。

われわれは、あらゆる不都合や抵抗を予測しなくてはならなかった。撤退する可能性もあるため、出動部隊はできるだけ小規模にする必要があった。五十名以上でソル基地に進軍できると考えるのは、無責任な愚か者だろう。

〝ひとつの〟細かい任務に集中することしか、われわれにはできなかったし、許されなかった。しかし、それはヤルト・フルゲンの情報によって明かされたことだった。

その点で、われわれの計画は、かつてのヴィッダーの措置とは大きく異なっていた。

われわれはなにごとも力ずくで進めたくはなかった。いかなる犠牲も望まず、ソル転送機を輸送手段として使用しようともしなかった。

われわれの計画はよく練られていた。可能性を熟知していて、限界もわかっていた。

これまで考案した奇襲は何度も成功していた。それを頼りに試してみるしかない。

目的はいわゆる完全スポークスマン、ムルサトショルの確保……かれがまだ存在するなら、だが！

＊

数分前、ロワ・ダントンのスペース＝ジェットが船外に結合した。

それは三十メートル級の超高速の円盤艇で、グラヴィトラフ貯蔵庫を備えたメタグラヴ・エンジンを搭載し、優れた防御装置があった。

やはり数百年前の船だが、それでもわれわれの搭載艇よりもはるかに上等だ。アドヴォクという謎の異人を捜索していたさい、わたしはロワの装備を見た。それはあらゆる点で、われわれ、タルカン遠征隊のものよりも優秀だった。

それでもカンタロの最新技術にならぶものではなかった。それがわれわれのリスクを高めていた！

アアロン・シルヴァーマン、アリ・ベン・マフル、ヤルト・フルゲン、そしてわたしは、最後の中間静止ポイントでロワから渡されたセランの戦闘スーツを着用していた。それはわれわれのものよりはるかに完成されていた。生命維持システムのついた背嚢《はいのう》は、より小型で軽く、全体的に性能がいい。とりわけ三段のパラトロン・バリア・プロジェクターは完成度が高かった。

ロワ・ダントンの備蓄品から供給された武器についても同様だった。ヘレイオスでは、超重族のアクテット・プフェストがフルゲンから譲られた武器を披露してくれた。それはサイクロプス四連コンボ銃、通称C4Cだった。

フルゲンはそれを恐れていたが、いままた似たような構造の武器を押しつけられた。ただし、ほかに選択肢のない緊急事態にのみ使うように指示された。

わたしは腕の長さほどの重いパラライザーを確認した。それはフェニックスで最新情報にもとづいて設計され、製造されたものだった。それでもカンタロのC4Cに比べれば性能が劣るのは明らかだった。しかし、われわれの目的には充分なものだ。

二隻の宇宙船《カルミナ》と《シマロン》はエンジンを停止させ、自由落下でソル転送機に向かって突進した。

正方形の構造物がホログラムで目の前に浮かび、距離が縮まるにつれて、詳細がしだいに明らかになっていった。

二隻の船の自己放射は最小限におさえてあり、必要不可欠ではない機器はすべて停止している。そこにはもちろん探知されやすい、ハイパーベースのアクティヴ探知機も含まれていた。

われわれの遠距離画像とホログラムは結局、未知の自己放射の産物だ。放射は驚くほど高く、莫大なエネルギー流を使って作業されていることを示していた。

「すべてクリア、チェック、ポジティヴ」アアロン・シルヴァーマンの声がわたしのマイクロカムに響いた。小さな耳かけ式の通信機器は完璧に作動している。こちらも改良されていた。

アリ・ベン・マフルもはっきりと報告してきて、ヤルト・フルゲンの声は勇ましく響いた。

「チェック、ポジティヴ。セランの動きも良好です」

このとき悪態が聞こえた。外のジェットでわれわれを待っているロワ・ダントンの声だった。フルゲンは戦闘スーツが流行遅れだと指摘するのをおさえられなかった。かれは管理事業部として知られるスティフターマンの工作員の同僚から、もっと優れた設計を学んでいたのだ。

「じつにすばらしいものだ！」驚いてかれは強調した。「どこか調子が悪いところでも？」

だれもかれに説明するひまも気持ちもなかった。ロワが急《せ》かす。

「《モンテゴ・ベイ》からの情報シグナル、圧縮インパルス、指向ビーム」メインティ

・ハークロルの声が聞こえる。彼女は落ち着いていた。「ペリー・ローダンがジェットでロック位置に到達しました。行動開始を許可します」
われわれはヘルメットのバイザーを閉じて、圧力が高まるのを待った。わたしのピコシン計算機、小型シントロニクスの最高品がグリーンの光をはなった。シンボルが、ヘルメット内部の上にある通信パネルに表示される。

《カルミナ》の司令室で何時間も前から点灯していた火器管制レッドライトが、外に広がる暗闇に適応する補助をした。

主エアロックのハッチを閉めると、メインティが挨拶のために手を上げているのが見えた。彼女は心配をしながらも、任務を遂行するだろう。

ロワはローダンの状況についてさらに詳しく説明した。

「特殊な能力をもつ宿敵が本当にいるのなら、かれの細胞活性装置は探知されるでしょう。そうするとペリーの高速のジェットに集中するかもしれず、われわれの行動には余裕が生まれるでしょう。かれはいつでもハイパー空間に入ることができます。それを頼りに、やってみましょう！」

「急いでね！」グッキーの明るい声が聞こえた。ロワといっしょにジェットに乗っている。きわめて緊急のさいには、二度のテレポーテーション・ジャンプで危機を脱することになっていた。四名に加えて装備を一度に運ぶのは、重すぎて無理だろう。またカンタロのプシ探知の能力についても考えなければならない。グッキーがそこにいるのを明かすことが許されるのは、もはや逃亡が不可能となり追い詰められたときだけだ。計算では、二度のテレポーテーション・ジャンプは可能な範囲のはずだった。外側のゲートが開き、われわれは狭い空間に押しこめられた。外には、赤外線画像にうつるロワのジェットが確認できる。

わずかな熱放射を除いて、放射はしていない。たいらな円盤は《カルミナ》の船体に貼りついているかのようだ。

アアロンとアリが最初に飛んできた。わたしはプロフォス人とともにあとにつづいた。かれはずいぶん呼吸が速かった。こうした旅に慣れていないのだ。わたしはうながすようにいった。

「眼下に広がる深淵も創造の一部であり、つまり脅威ではない。ゆっくり落ち着いて呼吸しなさい」

「わかりました。ありがとうございます、アトラン」

「名前は呼ぶな！　ふつうの通信でも、最小限の通信でもダメだ。気をつけるんだ、そこはエアロックだぞ」

アアロンとアリはすでに円盤の表面にある平たいドーム構造のなかに消えていた。このエアロックには二名分のスペースしかなかった。

われわれは司令室の下の休憩室に到着し、司令室につながる急な合成物質製のステップをのぼった。この建造物に反重力リフトは使われていない。二・五メートルというわずかな高さに使うには、費用対効果がよくないからだ。

ピコシンはすぐにセランの空気を抜き、ヘルメットのバイザーを開けた。ひんやりとした空気が顔をなでる。

ロワはただ手をあげただけだった。グッキーは小さな司令室の後方、折りたたまれた非常用シートにうずくまっている。本物の成型シートはヒューマノイド型の生物のための五席しかなかった。

ロワ・ダントンが首席操縦士席につき、わたしは隣りの席にすわった。三名の仲間はうしろでシートベルトをしめる。

われわれはそれ以上、話さなかった。任務は細部まですでに詳細に話しあわれている。ハーム・フォールバックがマグネット・アンカーを解除して、ジェットが自由になった。ロワは短いメタグラヴ・インパルスで亜光速まで加速した。自動的に《カルミナ》のスピードになった。

われわれは星々のあいだの永遠の夜へと滑り出した。《カルミナ》の探知画像が消えた。熱放射が低く、空間に吸収されて長くは抵抗できなかったのだ。

眼前の光速でわずか十二分の距離の虚空に、宇宙ステーションが浮かんでいた。

冥王星軌道の外側の固定された位置で相対的に静止しており、星系全体と同じ速さでまわっている。

パッシヴ探知機はフル稼働していた。われわれ自身は触知インパルスを一度も送っていない。カンタロの警備船はどこにも確認されなかった。ソル転送機だけが、ここからはじまる銀河間の空間に、さまざまな周波で膨大な放射のシャワーを発していた。

「こんなものがあるのですか?」アアロンが心配そうにたずねた。「妨害を受けることなくわれわれは眺望ホールにもこられました。すると突然、これがここにあったのです」

「それについてはたっぷり議論したじゃないか」ロワはほぐらかした。「ちょっといいか、船載コンピュータがなにかいっている」

「制動操作が開始されました。二……一……インパルス」

亜光速のジェットのうしろに、まるで魔法のように仮想Gポイント構築の重力中枢が出現した。

加速圧吸収装置がフル稼働したことを、制御ランプが点滅して告げている。円盤型の船体の底から、高エネルギー転換機のうなるような音が響いてきた。

すぐにいまの力ではもはや吸収しきれないハイパー放射線が発生する。

しかし、同じ瞬間に、ふたつのことが一度に起きた。シントロニカーたちはしばらくシンクロン・プログラムにとり組むしかなかった。

二隻の宇宙船《シマロン》と《カルミナ》のエンジンは同時に加速した。その放射値は、われわれの船の自己放射の値いの数百万倍にもなる。

両部隊はわれわれのまうしろにいた。飛行軸はソル基地を向いている。こちらの小さな船が高エネルギーの波からはずれるのは至難の業だ。計画に不可欠なのは、気づかれることなく巨大な基地のすぐ近くに入ることだった。

「同調完了」船載コンピュータが告げた。「プログラムにしたがった任務のための準備完了。三秒間静止します。司令室の換気開始」

ヘルメットのバイザーがまた閉じた。空気がセランの内部に流れこむ。

構造物がどんどん大きくなり、こちらに突進してくるかのようだ。しかし、実際は逆だ。ドーム形のキャビンの屋根がうしろにさがった。実際は、ここは非常口だ。しかし、四名がいっせいに脱出するには時間のかかるエアロックを避け、大きな出入口が必要だった。そのためにロワはかれの芸術的な雰囲気の一部を犠牲にすることになった。

抜けていく空気がたてる笛のような音はやんでいった。からだが感じる吸引力も弱まり、ついには完全に消えた。

背後で、《カルミナ》と《シマロン》がふたたびフル稼働で噴射して向きを変えた。ステーションから恒星のように明るい閃光がはしる。

ただし、それは二隻に向けられたものではなく、高い位置からソル転送機に突進する、より大型の《モンテゴ・ベイ》に向けられたものだった。

《カルミナ》と《シマロン》が陽動攻撃をしかけたかのようだ。

「どうです？」フルゲンは勝ち誇っていったが、その声はしわがれていた。「いいませんでしたっけ？　カンタロのシントロニクスの反応はわかっています！　この巨大な球体船はいちばんの敵だと認められたのです。まったく、この船がそれに耐えられるといいのですが！」

パラトロンの何重もの防御バリアの質について、もはや考える余裕はなかった。セランの同期プログラムされたピコシンが主導しているのだ。

開いたコクピットから引きずりだされるのを感じると、スペース＝ジェットは突然、茫漠とした暗闇のなかに消えた。エンジンをフル稼働させて加速し、《カルミナ》の放射の散乱の波のなかで方向転換したあとは、探知技術でも確認できなくなった。

鋼の壁がこちらに滑るように向かってくる。どんどん巨大になり、視界を完全に埋めつくした。

障害物の直前で、わたしのピコシンは飛翔機を制動加速に切り替えた。必要な修正も自動的に行なわれる。

両足を伸ばしてソル転送機の側面に触れると、速度はゼロになった。

隣りにいた三名の仲間も接触した。話しかけようとすると、当然予期していたことが起きた。ただし、それがいつ起きるかが、われわれには重大な問題だった。

宇宙基地の司令シントロニクスが防御バリアの上昇を決定したのだ。もしそれが着陸前に起きていたら、われわれにチャンスはなかっただろう。しかし、フルゲンは、カンタロの機器は、危険性が高いと認められないものに対しては、それほどすばやく反応しないだろうと主張していた。

マイクロコムから、かれが安堵して息をもらすのが聞こえた。外の宇宙空間でまぶしく光る点が点滅した。

それは《モンテゴ・ベイ》で、どうやら砲撃をうまく逃れたようだった。同時にアリが驚く声が聞こえた。

「なに！　かれらはただ思い上がっているのか、それともなにかあったのだろうか？」

かれがそうもらした理由がわかった。

ソル転送機の周囲の強力な防御バリアがすでにまた消えていた。プロジェクターロのあたりで最後の炎が上がり、その輝きで故障していないことは明白だ。明らかに防御武装のスイッチが切られたのだ。

「フルゲン！」

わたしが言葉にしなかった質問をかれは理解した。これは予測に〝あわない〟最初の出来ごとだった。

「かれらがこんな行動に出る理由がまったくわかりません！」かれは叫んだ。「本当です！　尋常ではありません」

「どうして？」

「完全スポークスマンがいる基地は、最高の防衛保護を受けます。法律なのです」

「では、ここにはだれもいないのか」アリは推測した。

「そんなはずはない。主センターにはかならずひとりいる。この基地もそうです」

わたしは危険を招きそうな会話を打ち切った。マイクロカムは久しく使われていない古代の長波で、最低出力で作動している。しかし、カンタロはあなどれない。

「第二段階開始……いまだ！　わたしのうしろについて。自動制御のスイッチをチェックするのだ」

わたしはピコシンに行動許可を出した。ほかの小型コンピュータも同期した回路に忠実にしたがう。

飛翔機は最小限の推力で飛んだ。

巨大なプラットフォームの近くまで上昇し、その端に到達する。

夜の漆黒の空間が突然いくらか明るくなった。はるか彼方に、地球の太陽の輝きが見えた。何千年ものあいだ、その生命を育む暖かさをわたしが享受してきた星だ。

いまこそがそのときだと知りながら、しばらくわたしはとどまっていた。飛んできたときに探知されていたなら、カンタロはすでになにか行動しているだろう。〈あるいはちがうかもしれないぞ！〉付帯脳が警告する。〈かれらはただきみを観察している可能性もある。おもしろがってな！〉

わたしは罵声をこらえて、さらに飛んだ。フルゲンはわたしの近くにいる。アリとアロンは、故郷世界の太陽について、ささやきあっていた。

右手に高層の建造物がそびえ立っていた。残光増幅装置のヘルメット内部のモニターに、細部がはっきりうつしだされる。ステーションによって反射したソルの光で、充分に認識できた。

「いいぞ」フルゲンがささやいた。興奮は収まったようだった。「これは中央司令室の隆起部分です。ここで搭載艇の格納庫を見たことがあります。この右手の、プラットフォームにあるはず。どうやって入るおつもりで？」

わたしは不機嫌に手を横に振った。われわれに作用する人工重力は〇・三Gで、姿勢を保つのに充分だ。フル装備のセランの重みが、心地よく軽減されている。

「格納庫には圧力がかかっています！」フルゲンが考えながらいう。「ハッチをさっと開けるわけにはいきません！　それに警報システムが……」

「いったい、いつになったらその口をとじるんだ？」アリが口をはさむ。「そんなことは、われわれは、ごく初期の段階ですでにわかっていた」

フルゲンは黙りこみ、わたしは前方を指ししめした。

「左の格納庫にしよう。しっかり用心するのだ。必要な場合は援護射撃する。されるがままにはならない。いこう!」

二名のエンジニアは、プラットフォームの床の真上を前方に向かって飛んだ。遠くから観察したときよりもはるかに多く、かくれ場がある。なめらかな金属でできた装置の鋼のパネルがあちこちから突き出していた。

右手、約七百五十メートルのところに、ブルーに光る大型転送機の開口部が見えた。ふくらみの上ではげしく脈動するエネルギー・フィールドが弧を描いている。フィールドから発する放射に危険はないようだ。

光の増幅もセランのパッシヴな探知も、生物の存在は示さなかった。移動可能なロボットも見あたらない。わたしは不安を覚えた。

「いつもこうだったか、フルゲン? 生きたものはまったくいないのか?」

「これも尋常ではありません」かれはささやくようにいった。

「なんだって?」

「尋常ではないのです!」かれは大声でくりかえした。「わたしが見たのはまったくちがう光景でした。転送口の上に脈打つドームもありませんでした。わたしは……助けて! なにかが顔をなでた。なにかがヘルメットのなかに忍びこんだ。アトラン!」

かれはヘルメット・バイザーの前で両手をはげしく動かし、パニックになって跳ね上がった。

　わたしは怒ってかれを外殻に引きずりたおし、その上に乗りかかった。かれは手足をばたつかせている。

「これは吸引力のある予備の汗ワイパーのせいだ。空調がきみのナイアガラの滝のような汗に対応しきれないんだ。落ち着け！」

　かれはすぐに状況を悟って、黙った。

「どこにナイアガラの滝が？」

　わたしは頭がどうかしそうだった。向こうでアリが手を振っている。わたしはプロフォス人を引きずって立ち上がらせ、いっしょにエンジニアたちのところへ飛んだ。

　高圧フォイルはすでに格納庫の外壁のむきだしの鋼に溶接されていた。

　わたしはフルゲンをチューブのようなテントに押しこんだ。アアロンがあらためてチェックしてから、そこを閉める。

　数秒後、分子破壊装置が作動しはじめた。金属に大きな開口部を切り開く。〝プライヴェート・エアロック〟に大量の空気が送りこまれ、ふくらんでいき、ついに金属繊維が曲がり、切りとられたプレートが床に落ちた。

　われわれは耳をすまし、探知した。なにも聞こえず、なにも見えない。

「上々だ！」アリがささやいた。「何千も質問をする前にいいか、牛から滑り出てきた者よ……これは特殊な手順だ。こうして圧力がかかった壁を破る。エアロックのハッチで試したりするのは、愚か者だけだ。まずセンサーで、内部に供給ラインが設置されていないか確認する必要がある。高エネルギー・ケーブルだったら、すさまじい反応を見せるだろう」

フルゲンは半分しか理解していなかった。これは応用テクノロジーで、シントロン分析による精神的なアクロバットではない。

わたしはもう一度見まわした。圧力テントの素材は透き通っていた。外の闇には三隻の大型船と、ペリー・ローダンが乗るスペース＝ジェットが確認できる。

転送機の開口部の上に広がる奇妙なエネルギー・ドームは、しばらくはげしく脈打っていた。しかし、なにも到達することなく、固体の放射もなかった。転送機はあらゆることを行なっているようだが、ただ、本来の意味は果たしていないようだった。

わたしは現象が消えるのを待った。だれかが実験したのだろうか？　付帯脳が差し迫ったように警告する。

最後に約束どおり、わたしは一ナノ秒の超高速情報インパルスを放射した。わたしのセランの指向ビーム・アンテナは、ピコシンによって正確に《カルミナ》に向けて調整されていた。

8

メインティ・ハークロルとアンブッシュ・サトーは、アトランと三名の仲間が死の危険にさらされていることに、真っ先に気づいた。

すべて、予想とは異なる展開になっている。

防御バリアの消滅はカンタロにとっても危険で、それにも理由があった。

攻撃を受けなかったことにはもはやだれも驚かなかった。ソル転送機の防御砲火は、戦略としての価値のない副次的なものだ。なんらかのシントロニクスによってそれは引き起こされたが、攻撃は表向きだけで徹底的にきわめることは放棄していた。

その現象は、アトランが宇宙基地に着地した直後にはじまった。

それまで問題がなさそうだった、技術的に探知していた太陽と惑星が突如として姿を消した。同時に、正方形のプラットフォームの中央にうすいブルーの強烈な光の現象が生じた。

それが弱まると、テラナーの故郷星系がふたたび出現した。このふたつの出来ごとには直接的な関係があった。

この過程は何度かくりかえされた。毎回ソルは姿を消し、なにを使っても探し出せなくなった。

そして今、ほんの少し前に、アトランのナノインパルスが《カルミナ》でキャッチされた。

メインティはカタストロフィ警報を発した。これに伴い、《カルミナ》の放射を使用しない偽装の姿はとりはらわれた。超光速のハイパーカム接続は確実に探知されるだろう。

メインティにとってそれは重要ではなくなっていた。

ペリー・ローダンも、もはや宿敵に探されて攻撃されるとは思わなくなっていた。かれの〝囮《おとり》としてのポジション〟は根拠のないものだったと証明された。だれも、なにも、解放されることはなかった。

状況が一変したという第一報のあと、かれはわきにとめてあった自身のスペース＝ジェットに乗り、《シマロン》に向かって高速で飛んでいた。

メインティはハイパーカムでそれを確認した。

「ローダンより全員に告ぐ！……計画は終了だ！　悪魔のいたずらが入った。先に確認した眺望ホールが間接的に関係がありそうだ。太陽系の姿が消えては、またあらわれる。

だれかが大規模な計画の最終テストを行なっている。ロワ……おまえの位置は？」

「前方、《カルミナ》付近のやや上です」かれは即座に返答した。「アトランをかれの仲間と降ろしたとき、わたしの個体探知機は、有機的な生物のインパルスはごくわずかしか認めませんでした。正方形の天板は非常用の乗員まで立ち退かせたようです。ご指示は？」

「加速、全速力で！　ステーションに飛び、どの周波数でもいいからアトランに通信でコンタクトしよう。カンタロも聞くがいい。いいか、《カルミナ》、《シマロン》、《モンテゴ・ベイ》の各指揮官へ……戦闘準備だ。万事に備えなくては。ロワの退路をあけておくように。可能なかぎりバリアを張る。メインティ・ハークロル……」

「聞いています！」

「ヤルト・フルゲンのデータを詳細に分類して、あらためて分析しただろう。なにか見落としはなかったか？」

「すでに確認ずみです。いいえ、この現象は新しいもので、フルゲンは明らかに気づいていません。わたしたちはもっとも都合の悪い瞬間に到着したのかもしれません。気をつけてください。転送機の開口部の上にある放射ドームがまたふくらんでいます。今回はさらに強力です。そんな……！」

彼女はしゃくりあげるような声をあげて黙りこんだ。

わずか五光分しか離れていないところで、巨大な宇宙基地が明るいブルーの放射量《かさ》におおわれた。それは高く成長し、すべてを貪《むさぼ》る円錐形の口のようだった。同時に探知機も反応した。ホログラムで表示されていた太陽系が、魔法にかかったかのように、宇宙の輝きのなかに消えた。

こんどは、それが目に見えるようになり、技術的に検知できるようになるまでに十二秒かかった。

ロワ・ダントンは長くためらうことはなかった。かれのジェットはメタグラヴ・エンジンを燃焼しながらソル転送機のある基地に向かって突進した。ロワはすべてをかけていた。

ローダンは《シマロン》の近くで物質を消耗する暴力的な航法で飛び、船外に結合した。十分後、かれは司令室から報告してきた。

「よし、もとの場所に戻った。くだらないゲームだったたな！　サトー、きてくれ。いや、検知できる領域のこちらだ。あの現象はなにを意味するんだ？」

ほかの巨大宇宙船では、数千名のギャラクティカーが息を潜めていた。ロワとグッキーがともに聞いている。かれらは防御バリアさえ張っていなかった。

この瞬間、太陽系がふたたび見えなくなった。こんどは超高周波の領域で強力なエネルギー渦が見えた。さまざまなシントロニクスがすぐに分析をはじめる。

「疑問の余地がないことは否定されないでしょう」アンブッシュ・サトーがハイパーカムで報告した。「分析の結果、アンティテンポラル干満フィールドが発生するときのエネルギー展開とほとんど同じ事象だとわかりました。ほとんどというところは、強調しておきます！　大きなちがいがあるのです。本物の時間転移は起こらないようです。アトランとその仲間たちに警告するため、あらゆる手をつくすことを強くお勧めします」

「どうやって？」メインティが絶望したように大声を出す。「すでにあらゆる周波数で試しているわ。でも、応答がないの」

「未知のエネルギー現象による干渉です」サトーがいう。「申しわけないが、これ以上はなにもいえない。さらに試してほしい」

「加速して、ロワのあとを追うのだ」ローダンは決定した。「ソル転送機基地のあるじたちの反応を見たい。われわれが本当に夜のストレンジャーにすぎないのか確かめたい。四名を救いだす……テラにかけて、かれらを救いだす！」

9

アトラン

キメラは無害だったが、わたしの武器はちがう。

わたしは銃口を地面に向け、その生物に向かってうなずいた。良心が欠けた卑劣漢が、まったく異なる生物の物質を組み合わせて遺伝子操作で繁殖させた存在だ。

ヤルト・フルゲンからこの生物について聞いたことがある。かれはスティフターマンⅢでタックスと呼ばれるキメラの世話をしていて、その生物がすぐに殺されないようにしていた。

それは人類の頭を持つイヌだったという。

信じがたい話だった。遺伝子技術の悪夢が現実になったとは、精神的にとくに受け入れたくない。

しかし今、この目でそれを見ている!

眼前に立つその生物は、ブルー族の頭と、どんな種類かはわからないが水棲《すいせい》生物の巨大なからだを持っていた。

八本の長い触腕の先には物をつかむための繊細そうな道具がついていて、それはこの生物の製造者たちにとって明らかに役だちそうだった。

キメラは大きな制御装置の前に立ち、触腕の先端で多数のボタンやレバーを同時に操作している。

故郷銀河のあるじたちは、実際、特別な論理を発展させていた。この種の生物は、一体で多数の生物の代わりになる。つまり遺伝子的にそうした形に構築されたのだ。

「システム構造は最終値でポジティヴです、ご主人さま」不格好な巨像が話しかけてきた。「ご命令はありますか、ご主人さま？」

いや、本当になにもなかった。憐憫《れんびん》と憤怒の感情が同時にわきあがり、喉がつまるようだ。

ヤルト・フルゲンのようなギャラクティカーにとっては、この光景は日常のものかもしれなかった。かれらはそうした教育を受けている。すべてが分類され、状況に応じてすべてがあらかじめ定められているシステム・ピラミッドについて話をしてきた。

惑星XYで許されていることとやするべきことは、世界XZでは死刑に処される。

これはいったい、どこの銀河なのだろうか？　長いあいだ不在にしていたあと、われわれはどの地獄の穴にはまりこんだのだろうか？

ペリーが状況を改善するためにあらゆる手をつくそうとしていた理由が、より明確になった。わたしはすでに多くを経験してきた。しかし、こんなことははじめてだ！

〈自分の任務を果たせ〉付帯脳が警告してきた。〈ころあいを誤った憤激は感覚をくもらせるぞ〉

わたしはその光景から自分を引き戻した。突然パニックになり、不幸な生物を撃ってしまうところだった。

アアロン・シルヴァーマンから通信があった。かれはなんなく隣りのホールに入ることができ、そこにも無数の装備があったという。それについての報告だった。

「しだいに自分が正気なのか疑いを抱きはじめました。ここは司令室で、それどころかおそらく重要なところです。こうしたものがほうっておかれるはずがありません！どこかおかしい」

わたしは高エネルギー・ブラスターを抱え、ふたたび周囲を見まわした。

アアロンは、われわれ全員がますます強く感じていたことを口にした。慎重な行動は、奇妙な形で報われた……だれにも関心を向けられないまま。このような状況で未知の建造物に入ったことなどない。

これまではルールを厳守してきた。音声通話は最小限にとどめ、映像通信コンタクトもまったく使用してこなかった。

数体の遺伝子操作された生物を除けば、生物にはまるで遭遇しなかった。可動式というにふさわしいロボットさえいなかった。

多目的アームバンドに目をやる。NGZ一一四四年十月二十六日、標準時間で十時三分。すでに巨大な構造物に入って一時間がたつが、わずかな部屋しか見ていない。あまりに巨大で複雑な構造で、正確な見取り図がなくては要領よく進むことができないのだ。

わたしは奇妙な点を追求しようと決意した。

「フルゲン、アリ……こちらにきてくれ。アアロンも戻ってほしい。キメラの部屋にいる。急いで」

プロフォス人は開いたままのハッチを走り抜けた。ハッチが自動的に閉まらないのがすでにおかしい！ 毎回わざわざ閉めるために操作している宇宙ステーションなど聞いたこともない。

外には真空が待ちかまえている。外部の損傷や金属疲労やそのほかの要因による爆発的な圧力損失は、人種にかかわらず、どの宙航士も経験することだ。

ヤルト・フルゲンはそれをまったく認識していなかった。あまりにも長いあいだ、酸素惑星にいたためだ。

アリ・ベン・マフルはツナミ・スペシャリストの目で物事を見ていた。かれはまだ若かったが、一流の教育を受けている。

「ブラスターのロックを解除したようだな」わたしはからかった。

アリは肩をすくめた。開いたヘルメット・バイザーの奥の顔には、細かい汗の粒が浮かんでいる。

状況は悲喜劇的になっていた。数時間前まではカンタロの極秘事項だと思っていたステーションの隣りの操作室に、われわれは冷静に立っていた。

フルゲンの顔は内心の興奮で痙攣《けいれん》していた。わたしにもわからないなにかを感じているようだ。

なにか行動しなければならないときだった。

「きみのピコシンが保存する探知データは分析しただろうか？」

フルゲンはぎくりとした。話しかけられたことにようやく気づいたのだ。

「はい……やってみました。結果はかんばしくありません。分析した放射は転送機に典型的なものでした。そこにあらゆる種類のハイパー周波も加わっています。それはすべてを意味するか、あるいはなにも意味していないのでしょう。ここには施設にエネルギーを供給するための二台の巨大なグラヴィトラフ貯蔵庫があります。わたしは……とても混乱しています」

アリは皮肉な笑みを浮かべ、アアロンは片方ずつ足を踏みかえている。もうたくさんだ！

マイクロカムを《カルミナ》のハイパー周波数に切り替えた。コード発信と圧縮通信のインパルスは切ってある。

「平文で通信を？」アアロンが聞く。顔がこわばっている。

フルゲン、完全スポークスマンの居住空間はどこだ？」

「おそらく上にあるはずです。だが、単なる居住空間ではなく、重要地点でもあります。そこからあらゆる回路を重ねられるのです。大型シントロニクスは司令階層からのインパルスに優先して反応します」

わたしは《カルミナ》に連絡した。応答がないので、マイクロカムをリピート送信にセットする。

しばらくしてピコシンの応答があり、わたしの推測が裏づけられた。

「マイクロカムに保存されているすべてのハイパー周波数のアルファ干渉。目下、ソル転送機の上に完全な吸収力のある高エネルギー・フィールドが存在しています」

わたしは転送機の開口部の上に淡いブルーの暈があったのを思い出した。わたしのコンピュータは〝目下〟という言葉を使った。脈動現象に関係があるのだろうか？

「ムルサトショルの司令室を見てみよう」わたしは決断した。「あそこのドアとハッチ

「どうやって？」

がまた開いたら、作戦を中断しよう」

「途中棄権すると？」アリは伸びをしながらいった。

その質問にはわたしも答えられなかった。ただ、なにかの罠にはまったと感じるだけだ。飛翔機を作動させ、プロフォス人のあとを追う。これ以上、かくれんぼうをしていても意味はない。

既存の反重力機器は停止していたので、隆起のような構造物をさらに上に進むためのシャフトを使った。

とうとう背の高いドーム形の天井におおわれたホールにたどり着いた。そこはあらゆる種類の制御機器であふれていた。それでも、ここでもまた警備ロボットは一台も発見できなかった。信じがたい。

付帯脳の警告インパルスが強くなり、わたしは目を閉じた。アアロン・シルヴァーマンが慎重になる。

「なお気に入りません！　わたしは……」

かれは話すのをやめて、顔をあげると耳をすました。轟音《ごうおん》が聞こえてくる。うねるような音になり、やがて安定した。まるで滝の下に立っているかのようだ。

警戒して確認すると、ピコシンはネガティヴだと答えた。計測された多数の放射線に秩序をもたらすことはできない。

わたしは目立つようなしるしのあるハッチに目をやった。すぐに注意を引くものだった。「フルゲン、あれはエアロックの可能性はあるだろうか？　われわれは実際のプラットフォームよりも高い位置にいかなくては」

かれは途方に暮れたように肩を上下させた。もちろん、そんな詳細がわかるわけがない。「ここを離れよう、どんな方法を使ってでも」わたしは沈黙を破った。「アリ、あそこのハッチを開けられるか見てきてくれ」

かれはそこに向かって飛び、わたしは銃の安全装置を解除した。部屋のあちこちにあるスクリーンが嘲笑するようにこちらを見つめている気がする。機能しているものはひとつもない。

向こうでハッチが開いた。それも当然なことのように起こった。

ここでようやく、ソル転送機が乗員から放棄されたと気づいた。

それは実際、小型の人員用エアロックだった。なかに飛んで入り、内側のハッチを手動で閉め、外側のハッチを開ける開閉スイッチを探した。

発見したのはフルゲンだった。てのひらサイズの圧力スイッチだ。フルゲンが問いかけるようなまなざしをわたしに向ける。

ここからは自身の直感にしたがった。《カルミナ》との通信接続は切れたままだ。もしグッキーがわれわれをここから脱出させようとすでに思いついていたら、大変な困難に見舞われるにちがいない。予期せず生じるエネルギー・フィールドでテレポート・ジャンプもできなくなるかもしれないが、それはだれにもわからない。

自分たちで行動するしかない。

「セランを切って、パラトロン・バリアを作動させろ」わたしは三名に呼びかけた。「いや、問答無用！　これほど高価で完全無欠のステーションをわざわざ自ら手ばなす者はいない。特殊な事情があるのだ。それがなにかはわからないが、できるだけ早くここを離れる必要があるのは確かだ。バリアが構築できたら、スイッチを入れろ」

わたしのピコシンは確実に作動した。パラトロン・バリアが張られ、スーツが換気された。

向こうでヤルト・フルゲンが制御コントロールに手を押しあてた。アアロン・シルヴァーマンは通信で、エアロックが排気されていなかったことを思い出させてくれたが、われわれは全員、それに気づいていた！

その結果、外側のハッチは決して開かないはずだった。ところが開いてしまった。だれかが安全装置のスイッチを切ったか、壊したにちがいない。

スライド式のハッチが一ミリメートルほどさがると、空気の塊りが逃げていく笛のような音が聞こえてきた。

吸引力で前に引っ張られ、わたしはハッチに押しつけられた。そして甲高い音が突然やんだ。

エアロック内のかなりすくない空気は、照明の明るい広い部屋でまたたくまに消え去った。

そこは三部隊分の搭載艇格納庫だったが、いかなる船の姿もなく、係留コンソールはからだった。

アリはそれ以上質問をしなかった。かれはすでに、一瞥《いちべつ》で明らかな制御装置の前に立ち、大きな格納庫のゲートを開けようとしていた。

フルゲンも同じように力をつくした。アリ・ベン・マフルでは未知の装置に対応できないと思ったのだろう。

すべて少しも動かない！

「ブロックされています、なぜか使用できません！」プロフォス人の叫び声が聞こえた。

「どうしてだ？　わからない。ほかはすべて使えるのに」

かれにわたしの直感について説明しようとしても時間のむだだろう。われわれはここで死ぬのだろうか？

聞こえてくるのは、絶え間ない轟音だけだった。転送機のプラットフォームもしだいに揺れはじめる。

アリがわたしの呼びかけに応じて、フルゲンを引っ張ってきた。二名がわたしのところまでくると、わたしはもう一秒もためらわなかった。

ブラスターをかまえる。操作表示はサーモ銃撃になっていたが、わたしはもはや気にしていなかった。

燃え上がる砲撃の合間に鋼が光る。アリとアアロンもわたしの計画に気づき、同様に発砲した。なにも聞こえなかった。真空空間は音を伝えない。

向こうで高合金鋼が灼熱の物質の激流と化した。格納庫のゲートの残骸は白く変色している。

わたしは銃をグラヴォプレス射撃に切り替え、必死に発射した。

フィールドが壁に向かってふくらんだ。フルゲンがなにか叫んだが、だれにも理解できなかった。密閉された空間でグラヴォプレス波を発生させてはいけないといいたかったのだろう。

突然、前に大きな穴ができた。すでに溶けていたゲートが枠から大きく外に引きちぎられた。眼前に開けた空間が広がっていた。

われわれはすぐに飛びたった。ピコシンは非常インパルスを正しく理解し、われわれを安全な場所に運ぶために働いた。

暗闇に滑り出す。はるか下に、実際の転送機の開口部の上で光る暈が見えた。いまにもふたたびふさがりそうだ。

セランの探知機は荒れくるうように騒音をたてていた。音声警告システムのスイッチを切り、念のためにプログラムされている救助プログラムだけに頼る。最大限加速してできるだけ広い空間へ移動することになっている。

だれもなにもいわない。しかし、わたしは、三名の仲間も反応していたことを知っていた。全員、近くにいるはずだ。

ソル転送機が小さくなった。ようやく落ち着いて見渡せるようになった。

しばらくして、ピコシンは速度を落とし、マグネット救助ラインを伸ばした。

アリ、アアロン、フルゲンは自動操縦で正しい位置に運ばれ、固定された。この処置もまた緊急プログラムの一部だった。

このとき突然、声が響いた。ロワ・ダントンだった！

「やっと到着しましたか！　あなたたちを走査機に入れました。向こうで巨大なものが脈動をはじめています。グッキーは進入できず、あなたがたのことも発見できなかったのです。推進力を切って、いっしょにいてください。グッキーが迎えにいきます。かれはもう集中しています。あなたたち全員を一度に運ぼうとしています。距離が近いので可能でしょう。今です！」

＊

《シマロン》がついに探知スクリーンから姿を消した。ペリー・ローダンはハイパー空間に入った。

ソル転送機はわれわれが《カルミナ》に到達した直後に爆発した。われわれはそのとき、なぜソル転送機がからになっていたのかを知った。

カンタロがステーションを放棄し、破壊した理由は不明だ。それは突然、人工恒星になった。われわれは三隻の船ですでに遠く離れた場所にいたが、それでも構造震動を感じた。

それ以来、太陽系は決定的に姿を消した。われわれは何時間も待機して、探知した。ソルとその惑星はどのような手段を使っても発見できなかった。

ローダンは短いハイパー・ジャンプを重ねてソルがあるはずの宙域に進入しようとしていた。

かれの《シマロン》は文字どおり迂回し、われわれに背を向ける側にふたたびあらわれた。

信じられないことだった！

その後の討議で、ロワ・ダントンは〝これ以上くだらないこと〟には参加しないと拒否した。

くだらないことというのは、ローダンがオリオン＝デルタ星系に飛んでガルブレイス・デイトンに会おうという計画だった。

わたしもまた不確かな冒険にあらたに乗り出すことを拒否した。わたしの小型船の乗員には、肉体的にも精神的にも休息が必要だった。みな、長いあいだペリーとともに旅をしてきたのだ。

メインティ・ハークロルは、わたしの残りの貯蔵品からテラ・コーヒーをいれた。ヤルト・フルゲンはうしろにたおした成型シートに横になって眠っていた。口は大きく開いている。

「《モンテゴ・ベイ》は加速しています」ラコ・レジャーノが話しかけてきた。わたしはかれの問いかけるまなざしにうなずいて応じた。

「衝撃波が収まったら、かれのあとを追います。ヘレイオスをかれは気に入るだろう」

「そうだといいですが！」アリ・ベン・マフルがいった。かれはまた上機嫌になっていた。「いまこのときから、かれを尊敬する。大いなるアドヴォクは、結局のところ、それほど悪者ではないようだ」

わたしはかれの言葉について考えこんだ。アリはロワの本当の資質に気づいていなかった。

《カルミナ》のエネルギー転換機がうなるような音をたてはじめた。わたしはふたたび探知スクリーンを見やった。一日前まで太陽系が見えていたところに、ブラックホールができたようだった。

カンタロがなぜこのような方法をとったのか、だれにもわからなかった。しかし、わたしは、この膨大な浪費がなぜ、なんのために行なわれたのか、いつの日かわかると確信していた。

あとがきにかえて

若松宣子

今回、後半には、ローダンがはるか彼方にある故郷の太陽を見つめて、「夜のストレンジャー」という歌が昔あった、とつぶやく場面がある。これは一九六六年にフランク・シナトラが収録した曲名で、同年に発表したアルバムのタイトルにもなり、「マイウェイ」と並んでシナトラの有名な歌のひとつに数えられている。

ベルト・ケンプフェルトという指揮者でもあり作曲家でもあるドイツ出身のプロデューサーがアメリカの映画「ダイヤモンド作戦」のために作曲したもので、その後、歌詞がつけられシナトラ版が発表された後、多くの歌手によって、なんと一年で二百件もカバーされたというから驚く。こうして世界的にヒットしたことから、自分の曲こそがオリジナルだと様々な訴訟まで起こされたようだが、いずれもしりぞけられているそうだ。

シナトラが歌った英語の歌詞は、ある夜、出会った見知らぬ者同士の孤独な男女が視線を交わしたところからまさに一目惚れで恋に落ち、永遠の恋人となる、という内容で、シナトラの甘い声で歌われ、ロマンチックという言葉がぴったりだ。

ドイツでもやはり一九六六年にペーター・バイルがこの曲をドイツ語でカバーして、ヒットしている。こちらのクルト・フェルツによる歌詞は、英語版とは趣《おもむき》が大きく異なる。夜、見知らぬ者同士が夢や憧れを抱きながら孤独に歩いているという場面から始まり、途中、互いに視線を交わし、遠くにある幸福を探し求めるのか、誘惑の道へ跳びこんでみようかと目で相手に問いかけるところもあるが、そこから永遠の愛を誓うわけではなく最後は始まりと変わらず、孤独でいるという描写で終わる。また英語版では一度しか使われなかった孤独という言葉も形を変えて何度も繰り返される。

ドイツ語版も英語版と同じメロディで、英語の「スルー」がドイツ語の「ドゥー」にあてられているなど、うまく工夫されて英語の歌と同じ雰囲気を作り出しているが、情熱的な英語版と違って、ドイツ語版ははるか遠くにあって手が届かない幸せに憧れるというドイツのロマン主義を彷彿とさせる心持ちがよく表されているようだ。ローダンが太陽を見て「夜のストレンジャー」とつぶやいたのは、このドイツ語版の方を念頭に置いていているのだろう。

訳者略歴　中央大学大学院独文学専攻博士課程修了，中央大学講師，翻訳家　訳書『惑星フェニックスの反乱』シェール＆マール，『集結ポイントYゲート』ヴルチェク、グリーゼ＆シェール（以上早川書房刊）他多数

HM=Hayakawa Mystery
SF=Science Fiction
JA=Japanese Author
NV=Novel
NF=Nonfiction
FT=Fantasy

宇宙英雄ローダン・シリーズ〈728〉

惑星《わくせい》ハルト偵察隊《ていさつたい》

〈SF2466〉

二〇二五年一月　十　日　印刷
二〇二五年一月十五日　発行

（定価はカバーに表示してあります）

著　者　H・G・エーヴェルス　K・H・シェール
訳　者　若《わか》松《まつ》宣《のり》子《こ》
発行者　早川　浩
発行所　株式会社　早川書房

郵便番号　一〇一 - 〇〇四六
東京都千代田区神田多町二ノ二
電話　〇三 - 三二五二 - 三一一一
振替　〇〇一六〇 - 三 - 四七七九九
https://www.hayakawa-online.co.jp

乱丁・落丁本は小社制作部宛お送り下さい。
送料小社負担にてお取りかえいたします。

印刷・信毎書籍印刷株式会社　製本・株式会社明光社
Printed and bound in Japan
ISBN978-4-15-012466-3 C0197